# THE HUMAN COMEDY

BY
WILLIAM SAROYAN

WILLIAM SAROYAN

# 人间喜剧

# The Human Comedy

[美] 威廉·萨洛扬 著　唐·弗里曼 插图

叶扬 哈聪 译

上海译文出版社

这个故事献给
塔库希·萨洛扬

我之所以花了这些时间，特地为你写一个故事，是因为我一直想要把它写成一个特别精彩的故事，一个我所能够写出来的最最好的故事。如今，尽管时间有些仓促，我总算还是作了一番尝试了。也许我本该再等上一阵子，可是我实在说不上来，接下来会发生些什么事，也不知道忙完了各种杂事以后，我还能够剩下什么技巧，又会有什么样的心境，所以我只好赶着，靠我当下所具有的技巧、根据我当下的心境，来碰碰运气了。我希望不久就有人把这个故事翻译成亚美尼亚文，这样它印出来就是你所熟悉的样子了。在译文里，这个故事听起来也许比起在英文里更顺溜，也许你会像以前那样，从里面挑上几段念给我听，尽管这些东西本来是我写的。果真那样，我答应你我一定来听，欣赏我们自己的语言的美。我们这种语言，懂的人实在不多，而且除了你以外，懂得欣赏的人更是少之又少。你不能够像你阅读、欣赏亚美尼亚语那样，阅读、欣赏英语，我呢，对亚美尼亚语又是既不能读也不能写，所以我们只能把希望寄托在一位翻译高手上了。不过不管怎样，这个故事是为你写的。我希望你会喜欢它。我在写作的时候尽可能把它写得简单些，让它既严肃，又轻松。这两种情致的交融，是你特有的，也是我们家所特有的。我知道这个故事不足以表达我的心意，可是又当如何呢？你一定会觉得它已经足够了，因为它是你的儿子写的，而且是他的一片心意。

威·萨

# 目　录

# 第　一　章

## 尤利西斯

有一天，在加利福尼亚州绮色佳的圣塔克莱拉大街上，一个名叫尤利西斯[①]·麦考利的小男孩，站在他家后院里，望着地上一个新的黄鼠[②]洞。洞里的黄鼠一边拱出新鲜的湿土，一边瞅着男孩儿：他显然是个生客，可是大概不是仇敌。男孩子还没来得及把这个奇迹看个够，绮色佳的一只鸟儿飞上了后院里的老胡桃树，在一根树枝上落脚后就欢鸣起来，把男孩子的注意力从地上引到了树上。接下来可是最棒的了，远处传来了一列运货的火车噗哧噗哧的轰鸣。男孩子听着，感觉到脚下的大地随着火车的移动颤抖起来。随后，他倏地奔跑起来，（自己觉得）跑得比世界上任何生灵都快。

他跑到交叉路口，刚好赶上看着整个列车通过，从机车头一直到殿后的守车。他朝司机挥手，司机没有搭理他。他朝车上另外五个人挥了手，可是没有一个搭理他的。他们本可以搭理他，然而他们并没有。最后，出现了个黑人，他俯身靠着一辆敞篷车厢的挡板。在咔哒咔哒的火车声中，尤利西斯听见这个人在唱歌：

> “别再哭了，姑娘，今天莫再悲伤
> 我们且歌一曲，为亲爱的肯塔基家乡
> 为肯塔基老家，在那遥远的地方。”[3]

尤利西斯也朝这个黑人挥手，接下来一件奇妙的、出乎意外的事发生了。**这个**人，黑皮肤的、跟所有的别人都不一样的，居然也朝尤利西斯挥起手来，高声嚷嚷：“回家，孩子回——我的老家！”

小男孩跟黑人互相挥着手，一直到火车几乎快从视野中消失。

随后，尤利西斯朝四下里看了看。在他周遭，又好玩、又荒凉的，就是他生活里的世界。这个世界稀奇古怪、杂草丛生、

---

① 尤利西斯（Ulysses），相传是由荷马撰写的古希腊史诗《奥德修纪》里的主角奥德修斯（Odysseus）的罗马名字。作者给这部作品中的人物分别起了尤利西斯、荷马、马柯斯（古罗马执政、将军）、马太（《圣经·新约》中的人物，耶稣的十二门徒之一）、海伦（导致特洛伊战争的希腊美女）等名字，别有寓意。绮色佳（Itahca）也是尤利西斯的故国的名字。

② 黄鼠（gopher），原指产于北美的一种地鼠，一译“囊颊兽”。

③ 此为美国作曲家福斯特（Stephen Foster, 1826–1864）创作的名曲《我的肯塔基家乡》的合唱部分的歌词。

破破烂烂、奇妙无比，既荒唐，又美丽。一个老头儿，背着一个包袱卷，沿着铁轨走了过来。尤利西斯也朝这个人挥手，可是他年纪太大，又太累了，对小男孩的友好没有反应。老头儿对尤利西斯瞥了一眼，好像他跟男孩儿都已经死了似的。

小男孩慢慢地转过身来，拔脚回家。他一边走着，一边还听见火车的奔驰、黑人的歌唱还有他兴高采烈的话："回家，孩子——回我的老家！"他站定了脚，回味着这一切。他在一棵苦楝树[1]下走来走去，用脚踢着从树上掉下来的气味挺难闻的黄果子。过了一会儿，他微笑了，那是麦考利一家人所特有的微笑：一种温存、聪明、隐秘、对世间万物都道个**好**字的微笑。尤利西斯拐了个弯，望见了麦考利家的房子。他乐不可支，又蹦又跳。他这么一乐，绊了一个跟斗，可是他爬起来继续往前跑。

他的母亲正在院子里给鸡喂食。她看见男孩子绊倒了，爬起来，还是又蹦又跳。他很快过来了，不作一声地站在她身边，然后到鸡窝那儿去找鸡蛋了。他发现了一只鸡蛋。他朝它瞅了一会儿，把它捡起来，拿到他母亲这儿，小心翼翼地递给她。此刻他的心思，没有一个大人能猜得着，也没有一个孩子能够记在心里、日后说给人听。

---

① 苦楝树（Chinaball tree），学名 Melia azedaruch，落叶乔木，春夏之交开花，花呈淡紫色。

# 第 二 章

## 荷 马

他的哥哥荷马骑着一辆二手货的自行车，正跟一条乡间道路上的泥土英勇奋战。荷马·麦考利穿了一件电报投递员的制服，衣服太大了，头上戴的帽子却又嫌小。在绮色佳人所钟爱的一片朦胧欲睡的黄昏的宁静里，太阳行将落山。在投递员的四周，果树园、葡萄园安卧在加利福尼亚古老的大地上。荷马虽然移动迅速，却丝毫没有错过这一带地方的种种魅力。瞧瞧那个！他一路自言自语，评论着沿途的大地、树木、太阳、芳草和云彩。瞧瞧那个，好吗？他开始把自行车骑出一种花式来，为了配合这种花式的动作，他放开喉咙，纵声高唱：调子简单、抒情，又滑稽可笑。在他心里，自己这一出歌剧的主题曲，接下来由一个乐队的弦乐演奏，随后再添上他母亲的竖琴和他姐姐贝思的钢琴。最后，荷马想起了他的哥哥马柯斯，于是一只手风琴加入了行列，琴声里别有一种交融着微笑和忧郁的甜蜜，于是这一家子就到齐了。

空中掠过了三个令人难以置信的东西，在它们那一阵急急忙忙的噪声中，荷马的音乐戛然而止。投递员抬头去看这些东西，一下子把车子骑进了一条干涸的小泥沟里。是飞机，荷马跟自己说。农夫养的一条狗飞奔过来，神气活现地吠叫起来，活像一个人有口信要传递。荷马没去理会它的口信，只是转过身来，学叫了两声“汪汪”去逗弄那只畜牲。他骑上自行车，继续往前走。

他到了城里住宅区的头头上，走过一块招牌，可是并没细看：

加利福尼亚州，绮色佳市
东好西好——不如家里最好
欢迎你，陌生人

他在下一个拐角上停了下来，看着长长一列载满了士兵的军用卡车驶过。他朝士兵们敬了个礼，就像他弟弟尤利西斯跟火车司机和那些流动工人们挥手致意一样。有许许多多的士兵向投递员还了礼。为什么不这么做呢？他们又知道些个什么呢？

# 第 三 章

## 电报局

荷马终于在电报局门口停下的时候，绮色佳已经入夜。窗户里的钟指着七点过两分。荷马看见电报局的经理斯潘格勒先生，正在办公室里计算一份电报稿的字数。这份稿子是一位看上去又疲倦又惶恐不安的二十岁上下的小伙子刚刚递给他的。荷马走进办公室，听斯潘格勒先生跟这个年轻人说话。

“十四个字，收报人付费。”斯潘格勒说。他停了一会儿，朝那个小伙子望了一眼。“钱不大够用了？”

小伙子一下子没能答上话来，不过他很快就说：“是啊，先生。不大够——不过我母亲会把钱寄来，足够我回家的。”

“一定会的，”斯潘格勒说，“你上哪儿去了？”

“我想我哪儿也没去，”小伙子说着，咳嗽起来，“这个电报我母亲什么时候可以收到？”

“你看，”斯潘格勒说，“东部这会儿已经挺晚了。深更半夜的，凑钱往往不太容易。不过我马上就给你发过去。”斯潘格勒没再去看那个小伙子，用手在口袋里摸了一阵子，摸出了一把硬币、一张钞票和一只白煮蛋。

“喏，”他说，“以防万一。”他把那张钞票递给小伙子。“你母亲把钱寄来以后，你再还给我好了，”他说。他朝那只鸡蛋做了个手势。“我七天以前在一家酒吧里捡来的。给我带来好运。”

男孩子看了看钱。“这算什么呢？”他说。

“不算什么。”斯潘格勒说。

“谢谢，”小伙子说。他住了声，又惊奇又尴尬的样子。“谢谢。”他又说了一遍，然后匆匆忙忙地走出了办公室。

斯潘格勒把电报稿拿去交给值夜班的报务员和接线生威廉·格罗根。“威利[1]，把它发出去，付过账了，”他说，“我自己来付。”

格罗根先生用手按着“小爬虫[2]”，一个字一个字地发起电报来：

---

① 威利（Willie）是威廉（William）的昵称。
② 小爬虫（bug），指快速自动发出电码的电报机按键。

宾夕法尼亚州约克市
毕德尔街1874号
玛格丽特·斯特里克曼夫人
母鉴请汇三十元欲回家一切均好

约翰

荷马·麦考利仔细看了看签发桌，看看有没有什么要投递的电报，或是有哪家该去登门通知的。斯潘格勒先生不动声色而聚精会神地望着他，随后跟他说起话来。

“你喜欢当投递员吗？”他说。

“我**喜欢**吗？”荷马说，“我最最喜欢做的事了。你一准能见到许多不同的人。你一准能去许多不同的地方。”

“对了，”斯潘格勒说。他不作声，仔细看了男孩子一眼，“你昨天晚上睡得还好吗？”

“好的，”荷马说，“我很累，可是睡得很好。”

“你今天在学校里打瞌睡了没有？”

“有一点。”

“什么课？”

“古代史。”

“体育呢？”斯潘格勒说，“我的意思是，你打了这份工，是不是就顾不上参加了？”

“我还是参加的，”荷马说，“我们每天都有一堂体育课。”

“是吗？”斯潘格勒说，“我上绮色佳高中的时候，跑二百二十码低栏。山谷学区冠军。”电报局经理停了下来，然后又说下去，“你真的喜欢这份工作，是不是？”

“我要做这个电报局里有史以来最好的投递员。”荷马说。

“好啊，”斯潘格勒说，“不过，别把自己累死；不要操之过急。把电报迅速送到，但是不用跑得太快。对每个人都要有礼貌；在电梯里该把帽子脱下来。最最要紧的事是别把电报给丢了。”

“好的，先生。”

“上夜班跟上日班不一样，”斯潘格勒继续说下去，“送电报去唐人街，或是送到乡镇上去，可蛮吓人的——不过**你**可别给吓着。人总是人，不用怕他们。你多大了？”

荷马倒抽了一口气。“十六。”他说。

“是啊，我知道，”斯潘格勒说，“你昨天已经说过。我们雇用的男孩子非得满了十六岁不可，不过我觉得我可以冒个险试用你。你多大了？”

“十四。”荷马说。

“这么说来，”斯潘格勒说，“你再过两年就十六了。”

“是的，先生。”荷马说。

“要是有什么你不明白的事，”斯潘格勒说，“就来问我。”

“好的，先生，”荷马说。他停了一下，“歌唱电报是怎么回事？”

“没什么大不了的，”斯潘格勒说，“我们不常有这个业务。你嗓子还不错，是不是？”

“我以前常在绮色佳的第一长老会主日学校唱歌。”荷马说。

“那很好，”斯潘格勒说，“我们的歌唱电报要的就是你这样的嗓子。比方说，那边的格罗根先生收到一份生日祝贺。你该怎么做？”

荷马走到格罗根先生身边去，唱了起来：

“祝你生日快乐——
祝你生日快乐——
祝你生日快乐，亲爱的格罗根——
祝你生日快乐。”

“谢谢你。”格罗根先生说。

“不错，”斯潘格勒对荷马说，“不过你不应该说‘亲爱的格罗根’，该说‘亲爱的格罗根**先生**’。你拿了每个礼拜这十五块钱怎么用呢？”

“交给我母亲。”荷马说。

“好啊，”斯潘格勒说，“从现在开始，你就上班了，**正式**上班了。你是我们这个队伍的一员了。仔细看，仔细听，张开眼睛，竖起耳朵。”电报局经理移开目光，茫然望了一会儿，随后又说，“你将来打算做什么？”

“将来？”荷马说。他觉得有几分尴尬，因为他生下来每天都在忙着为将来作打算，即使这个所谓的将来只是第二天而已。“唔，”他说，“我还拿不准，不过我希望有一天我会是个人物。也许当个作曲家什么的呢——有一天。”

“那好，”斯潘格勒说，“这儿是你起步的地方。四周都是音乐，真正的音乐，直接从世界上传过来，直接从人们的心里传过来。听见发电报的按键声了吗？多美的音乐。”

“是的，先生。”荷马说。

斯潘格勒忽然发问：“你认识大马路上的查特顿面包房吗？这儿是两毛五分钱。你去替我买两块隔天的馅饼来—— 一块苹果的，一块椰子酱的。两毛五两块的。”

“好的，先生。”荷马说。他接住了斯潘格勒扔给他的两毛五分的硬币，跑出了电报局。斯潘格勒目送他离开，沉入了懒散、快活的怀旧梦想。他从梦境中醒过来，转身对报务员说：“你觉得他怎样？”

“他是个好孩子。”格罗根先生说。

“**我**也有同感，”斯潘格勒说，“他来自圣塔克莱拉大街上一个清贫的好人家。父亲没了。哥哥参军了。母亲夏天在肉类加工厂做事。姐姐在州立大学念书。他年龄还差两岁，就这么回事。”

“我年龄已经超过两岁，”格罗根先生说，“我们会相安无事的。”

斯潘格勒从桌子边上站了起来。“你要是找我的话，”他说，“我在科贝特酒吧。你们把馅饼分了吃吧——”他忽然停下来，目瞪口呆地看着荷马手里拿着两块包好了的馅饼，跑进了办公室。

“你叫什么名字来着？”斯潘格勒几乎对男孩子在吆喝了。

“荷马·麦考利。”荷马说。

电报局经理一把抱住了新来的投递员。“好吧，荷马·麦考利，”他说，“你正是这家电报局里上晚班所需要的男孩子。你很有可能是圣华金河流域跑得最快的生灵。有朝一日，你也会成为一位大人物——如果你还活着的话。所以，你一定好好儿活下去。”他转身离开了电报局，撇下荷马去琢磨他这番话究竟是什么意思。

“好了，孩子，”格罗根先生说，“馅饼。”

荷马把馅饼放在格罗根面前的书桌上，听着他继续往下讲。“荷马·麦考利，”他说，“我叫威廉·格罗根。不过人家都叫我威利，尽管我已经六十七岁了。我是个老派的报务员，世界上已经不多了。我也是局里晚班的电报主管。我这个人也有一肚皮过去的美好世界的回忆。而且我现在也饿了。我们一起来分享这些馅饼吧——苹果的，椰子酱的。从现在起，你我就是朋友了。”

“好的，先生。”荷马说。

老报务员把其中一块馅饼分成四爿，他们开始吃起椰子酱馅饼来了。

“有时候，”格罗根先生说，“我会让你替我跑跑腿，跟我一起唱唱歌，或是坐下来跟我说说话。遇上我喝醉了的时候，我还指望你能有一种十二岁以上的人不大会有的理解力。你多大啦？”

“十四岁，”荷马说，“不过我觉得我的理解力还不错。”

“很好，”格罗根先生说，“我就信你的话了。每天晚上，在这间办公室里，我会指望你看着我有能力履行我的职责。要是摇动我的身子我还是没有反应的话，就朝我脸上泼冷水——然后再从科贝特给我端一杯滚烫的清咖啡来。”

“好的，先生。”荷马说。

“不过，要是在街道上，”格罗根继续说下去，“程序就完全不一样了。你要是遇见我浑身上下一股酒气，走过去的时候打个招呼就是，不要跟我提起我有多幸福的样子[①]。我这个人很敏感，不愿意成为大家担心的对象。”

“在办公室里，冷水和咖啡，”荷马说，“在街上，打个招呼。知道了，先生。”

格罗根先生满嘴都是椰子酱，继续往下说：“你觉得在战争过去之后，这个世界会不会变得更好？”

荷马想了一会儿，随后说：“会的，先生。”

“你喜欢椰子酱吗？”格罗根先生说。

“喜欢，先生。”荷马说。

电报机响起来了。格罗根先生接上线，在打字机前坐下，还是继续往下说。“我也喜欢椰子酱，”他说，“也喜欢音乐，特别是唱歌。我记得我刚才听见你说，从前你在主日学校唱过。

① 指他酒醉之后醺醺然的模样。

请你做个好事，我把这份从首都华盛顿发来的电报打下来的时候，你就给我唱一个主日学校的歌吧。”格罗根先生给电文打字的时候，荷马唱起了《万古磐石》。这份电报是发给加州绮色佳市 G 街 1129 号的罗莎·桑多瓦尔太太的。在这份电报里，国防部通知桑多瓦尔太太，她的儿子胡安·多明戈·桑多瓦尔，业已阵亡。

格罗根先生把电文递给了荷马。然后，他取出椅子旁边的抽屉里放着的酒瓶，喝下了一大口。荷马把电文折起来，放进一只信封，糊上封口，把信封放在他的帽子里，离开了电报局。投递员走了之后，老报务员提高了嗓门，唱起了《万古磐石》。因为很久以前，他也曾经跟别人一样年轻过呢。

# 第 四 章

## 全世界都羡慕我

从圣塔克莱拉大街上麦考利家的房子里，传出了音乐声。贝思和麦考利太太正在弹奏《全世界都羡慕我》这首曲子。他们是在为当兵的马柯斯弹奏——不管他眼下正在什么地方——因为这是他最最喜爱的一首歌。玛丽·阿利纳从隔壁的房子走进了客厅，来到钢琴边，站在贝思身旁，很快唱起歌来。她是为马柯斯而歌唱，因为他就是**她**的整个儿世界。小男孩尤利西斯听着，看着，觉得其中有些捉摸不透的东西，尽管他已经蒙眬欲睡，他还是想要知道个究竟。最后他终于打起精神来问：

“马柯斯到哪里去了？”

麦考利太太看了看男孩子。

“你该想法子弄明白。”她开了口，可是又不作声了。

尤利西斯想要弄个明白，可是又不懂究竟要弄明白什么。

“弄明白什么？”他问。

“马柯斯，”麦考利太太说，“已经离开绮色佳了。”

“为什么？”尤利西斯问。

“马柯斯参军了。”麦考利太太说。

“他什么时候回家？”小男孩问。

“打完仗以后。”麦考利太太说。

“明天？”

“不，不是明天。”

“什么时候呢？”

“我们不知道。我们在等。”

“那么我父亲在哪儿？”尤利西斯问，“要是我们等着的话，**他**也会像马柯斯一样回家吗？”

“不会，”麦考利太太说，“不是一回事。他不会再像以前那样，从街上走回来，走上台阶，穿过门廊，走进屋子里来了。”

对男孩子说来，这实在太难懂了。只有一句话可以表达他希望知道真情，得到安慰，于是他就说了这句话：

“为什么？”

麦考利太太转过身去对着贝思和玛丽。“死亡，”她说，“不是人人都容易明白的事，更别说孩子了。不过，每一个生命总有一天是要结束的。”她现在看着尤利西斯，“两年前，你父亲就遇上了那一天。”她又回过去看看贝思和玛丽，“但是只要我们活着一天，”她说，“只要我们还在一起，只要我们还有**两个**人在，并且还把他记在心里，那么世界上无论什么东西都不能把他从我们这里带走。他的身体可以被带走，但是**他**还在。你长大了，更了解你自己了，就会更懂得你父亲，”她说，“他没有死，因为**你们**还活着。时间和意外事故、疾病和疲劳带走了他的身体，可是你们已经把这个身体还给他了，比以前更年轻、更热诚。我并不指望你懂得我跟你讲的这些话。但是我知道你会记住**这一点**——所有好的东西永远不会终止。如果不是这样的话，世界上就不会还有人在了——无论什么地方完全都没有生命存在了。然而世界上到处都有人在，到处都有奇妙的生命。”

男孩子听了这番话想了一阵子，随后他想起了当天早些时候他所看到的东西。

“黄鼠是什么？”他问。

他母亲对于这样一个问题完全不觉得意外。她知道他有眼睛，眼睛以外还有想象，想象以外还有心灵，还有激情，还有爱——不只是针对某一件事物，或是**某一类**事物，而是对于任何事物，一切事物。

“地上的黄鼠，”她说，“天上的鸟，海里的鱼，都是万物的生命的一部分——也是**我们**的生命的一部分。每一个活着的东西都是我们每个人的一部分，许多不像我们这样活动的东西也是我们的一部分。太阳是我们的一部分，还有大地、天空、星星、河流和海洋。所有的东西都是我们的一部分，我们到这儿来，就是为了享受它们，并且为了它们而感谢上帝。”

小男孩把这些新鲜话都听了进去。

“那么荷马在哪儿？”他问。

“你的哥哥荷马，”麦考利太太说，“做工去了。昨天他自己找到一份放学后的工作。他要到午夜以后才回家，那时候你已经在床上睡着了。”

小男孩不明白。工作是什么？他的哥哥为什么要去做工？做工会给人带来什么样的欢乐？

“荷马为什么要去做工？”他问。

两位姑娘耐心地坐在一旁，等着麦考利太太回答孩子的问题。

“你的哥哥荷马去做工，”她说，“是因为你哥哥马柯斯参军了。我们必须有钱去买吃的、穿的、付房租——并且送给比我们更有需要的人。”

“**谁**呢？”尤利西斯问。

“随便谁，”麦考利太太说，“比如说，穷人。”

“穷人是谁？”男孩子问。

“人人都是。”麦考利太太说着，给了自己一个微笑。

尤利西斯尽量想要清醒过来，可是终于支撑不住了。

“你一定要记住，”她说，“永远把你所有的一切给别人。

即使你给得傻乎乎的，也一定要给。你一定要大方。对于你在生活中遇到的所有的人，你都要给。那样的话，就没有什么东西、没有任何人有办法叫你上当受骗了。因为，要是你把你的东西给了一个小偷，他就不能再偷你的东西了，他自己也就不再是个小偷了。你给的越多，就越得多给。”

麦考利太太看看孩子，又看看他的姐姐贝思，“把他放到床上去。”她说。

贝思和玛丽把男孩子送到他的房间去了。她们走了以后，女主人独自坐在那里，她听见有人走动，便转过身来。她看见马太·麦考利站在门口，好像他还活着。

“我睡着了，”他说，“我倦极了。请你原谅我，凯蒂。”

他笑了，笑起来的样子就像尤利西斯。贝思回到客厅里，说：“我们把他塞进被子里去的时候，他笑了。”

# 第五章

## 你走你的路，我走我的道

投递员在罗莎·桑多瓦尔太太家门前下了自行车。他走到门口，轻轻敲门。他几乎立刻就知道屋里有人。他并没有听见什么声响，但是他能断定，敲门声正在把人引到门口，他迫切地想要看看这个人是谁——这个名叫罗莎·桑多瓦尔的女人，她现在就要知道，并且亲身体验到世界上所发生的屠杀。没过多会儿门就开了，可是它是不紧不慢依着它的枢纽转开的。门的移动好像在说，不管她是谁，在这世界上，她没什么要害怕的事情。门开了，她就站在那里。

荷马觉得这个墨西哥女人非常美丽。他看得出来，这个女人生来就很有耐心，所以现在，由于岁月的磨练，她嘴角上挂着一丝温存的、圣徒般的微笑。但是对于那些从来没有接到过电报的人来说，一个投递员出现在大门口是充满了可怕的含义的。荷马知道，罗莎·桑多瓦尔太太看见他，非常震惊，她嘴里吐出的第一个字正是每一个感到惊慌的人所吐出的那个字。她“啊”了一声，好像她本来以为开了门会迎来一位多年的旧识，一位她很乐于坐下来一起聊聊的人，而不是一位投递员。她先没说话，只是仔细看着荷马的眼睛，荷马知道，她已经猜到，这个电报凶多吉少。

“你带来了一封电报是不？”她说。

这可不是荷马的过错。投递电报是他的工作。尽管如此，他觉得这整件错事里好像还是有他的一份。他很为难，觉得好像只有自己一**个人**该为已经发生的事负责。同时，他心里真想爽爽快快地说：“我只不过是个投递员，桑多瓦尔太太。我非常抱歉，我得给你送这样一封电报来，可是，这只是因为送电报就是我的工作。”

“是发给谁的？”墨西哥女人说。

“G 街 1129 号，罗莎·桑多瓦尔太太。”荷马说。他把电报递给墨西哥女人，但是她却碰都不碰。

“你是桑多瓦尔太太吗？”荷马说。

“请你，”女人说，“请你进来。我看不懂英文。我是墨西哥人。我只看从墨西哥城寄来的《新闻报》。”她停了一会儿，看了看那男孩。他虽然人已经到了屋里，可是他尴尬地尽量挨门站着。

“请你念念，”她说，“电报上说些什么？”

“桑多瓦尔太太，”投递员说，“电报上说——”

但是那个女人打断了他，“可是你得先把电报**拆开了**，才能**念**给我听呀，”她说，“你还没把它拆开呢。”

“是的，太太。”荷马说这话的口气，就好像面前是一位刚刚纠正了他的错误的学校里的老师。

他用紧张的手指拆开了电报。墨西哥女人弯下身子，捡起了撕开的信封，把它捋捋平。她一边这么做着，一边说：“是谁发来的电报——是我儿子胡安·多明戈吗？”

“不是，太太，”荷马说，“电报是国防部发来的。”

“国防部？”墨西哥女人说。

“桑多瓦尔太太，”荷马说得很快，“你儿子死了。也许搞错了。人人都会搞错的，桑多瓦尔太太。也许不是你儿子，也许是其他什么人。电报上**所说的**是胡安·多明戈。可是电报也许搞错了。”

墨西哥女人装作没有听见。

“哦，不要害怕，”她说，“进来，进来，我拿糖果给你吃。”她抓住男孩子的胳膊，把他带到屋子中间的一张桌子面前，让他在那儿坐下。

“男孩子都爱吃糖果，”她说，“我拿糖果来给你吃。”她走进另一个房间里去，很快拿着一个旧的巧克力糖果盒回来。她在桌子上打开盒子，荷马看见盒子里有一种很特别的糖果。

“喏，”她说，“吃颗糖吧。男孩子都爱吃糖果。”

荷马从盒子里拿了一颗糖果，放进嘴里，想要嚼碎它。

“你不会带一份不好的电报来的，”她说，“你是个好男孩——就像我的小胡安尼托[1]小时候一样。再吃一颗吧。”她叫投递员又拿了一颗糖果。

荷马坐在那里，嘴里嚼着干巴巴的糖果，听那个墨西哥女人讲话。“这是我们自己做的糖果，”她说，“用仙人掌做的。我做了让我的胡安尼托回家吃，但是现在让你吃了。**你**也是我的孩子。”

忽然她哽咽起来，强忍着，好像怕哭了丢脸似的。荷马心里只想站起来跑出去，但是他知道他会待下去。他甚至觉得也许会在这儿待上一辈子。他只是不知道自己应该干些什么，好让这个女人减少些痛苦。若是她开口让他取代她儿子的位置，他也是不会拒绝的，因为他不知道怎么去回绝。他站起身来，好像这么做就可以着手来纠正这些无法纠正的事情，随后又明白他这种意图有多愚蠢，所以越发尴尬起来。他心里翻来覆去地说着：“我该怎么办？**我**究竟该怎么办？我只是个投递员呀。”

那女人忽然抱住了他，说：“我的小男孩，我的小男孩！”

他不知道为什么，只觉得整个儿这件事伤到自己了，因为

---

① 胡安尼托（Juanito）是西班牙名字胡安（Juan）的昵称。

说不上来的原因，他觉得浑身上下都难受，觉得想要呕吐。他并不是**不喜欢**这个女人，或是任何其他人，但是她当下的遭遇好像太不应该了，实在丑恶之极，所以他觉得难受，自己也不知道是不是还想活下去。

“现在，过来吧，”女人说，“坐在这儿。”她把他强按到另外一张椅子里，面对他站着。“让我看看你。”她说。她神情很古怪地看着他，投递员五脏六腑都不好受，动弹不得。他感觉不到爱，也感觉不到恨，只有一种非常接近于厌恶的情感，同时又起了深沉的同情心——不仅仅是对这位可怜的女人，而是对于一切事物，对于他们受难和死亡的荒谬的方式。他看见了从前的她，一位年轻美丽的女人坐在她襁褓之中的儿子的小床旁边。他看见她低头看着这个奇妙的小生命，他还不会说话，无依无靠，然而却充满了未来的世界。他看见她摇着小床，他听见她对孩子唱歌。如今再看看她吧，他对自己说。

忽然他已经骑上了他的自行车，在黑暗的大街上飞驰而去，泪水涌出了他的眼睛，他的嘴里发出天真而疯狂的诅咒。当他回到电报局的时候，泪水已经止住了，但是其他的一切却刚刚发作起来，他知道这是无法抑制的了。“要不然，我自己也就跟死了一样啦。”他大声说，好像有什么听觉不健全的人在听着他讲话似的。

# 第 六 章

## 为格罗根先生高歌一曲

荷马隔着桌子坐在格罗根先生对面。眼下，电报线路没有动静，可是忽然一下子，电报机嘎啦啦响了起来。荷马等着格罗根先生去接线，可是格罗根先生没去接。荷马赶忙跑到桌子对面：

“格罗根先生，”他说，“有人发电报来了！”他轻轻摇了摇他。

“格罗根先生，”他说，“醒醒！醒醒！”

荷马跑到水罐子那儿，放了满满一纸杯的水。他又跑回到老报务员面前，可是他还是不敢遵照他所得到的嘱咐行事。他把杯子放在桌上，又去摇了摇格罗根先生。

“格罗根先生，”他说，“醒一醒吧，有人在呼叫呢！”

荷马把那杯水泼到报务员的脸上。格罗根先生霍地一下子坐直了身子，张开眼睛，看了看荷马，听了听电报机的声音，就去接电报了。

“你做对了，”他对男孩子说，“现在，赶快弄一杯清咖啡来。快去！”

荷马跑出了电报局，往科贝特酒吧跑去。他回来的时候，老报务员的眼睛几乎又快闭上了，但他还在做他的事。

“干得好，孩子，”他说，“不用担心。不要害怕。你做得完全对。”

格罗根先生让线路那一头的报务员先停一下，呷起咖啡来。“先泼冷水，”他说，“然后去端杯清咖啡。”

“好的，先生，”荷马说，“这份电报重要吗？”

“不重要，”格罗根先生说，“是最最**无关紧要**的。商业电报，筹集资金的。是一份晚上发出的电报。你今晚不用去送。最最无关紧要的。但是对我说来，收下这份电报却是非常重要的。”

这时他提高了嗓门，因为他已经醒了，又有力气了。“有好几年了，他们一直想让我退休，”他大声说，“他们一直想要把他们到处发明的那些机器装上——什么多路传输呀，电传打字呀，”他语气轻蔑地说，“想用机器代替人！”他的声音又变得柔和起来，好像是自言自语，或是在对想把他从他在这个世界上的岗位上挤出去的那些人说话似的。“要是我没了这个职业，我真不知道拿自己怎么办才好。我想我一个礼拜以后就会死的。我已经干了一辈子，现在我可不打算停下来。”

“是的，先生。”荷马说。

“我知道我能指望你帮我的忙，孩子，”格罗根先生说，“因为你已经帮过我的忙了。谢谢你，孩子。”他按响了“小爬虫”，呼叫声来了，他开始打电文，一边打着，一边说着话，那副神气又骄傲又精力充沛，让荷马看着心里很高兴。“想要让我离开我的工作！”他大声说，“怎么啦，我是世界上最快的报务员。比沃林斯基[①]还快，发报收报都比他快——而且不出差错。威利·格罗根。全世界的报务员都知道那个名字。他们知道威利·格罗根是他们所有人当中最棒的一员！”他停了下来，冲着投递员笑了笑——这个从贫民区来的孩子，昨天晚上才开始来上班的，来得可正是时候啊。

“再唱首歌吧，孩子，”他说，“因为你和我都还活着。”

荷马立刻放声唱了起来。

① 沃林斯基（Wolinsky），不详，待考。

# 第 七 章

## 要是来了封电报

在圣塔克莱拉大街那幢房子的客厅里，麦考利太太坐在那张旧摇椅里，等着她儿子回家。午夜刚过了一会儿，他到了客厅里。他灰头土脸，又累又倦的样子，而同时她也看出来，他受了惊吓，心神不宁。她知道他一开口说话，声音一定是沙哑的，就像她的丈夫，也就是这孩子的父亲当年那样。他在黑洞洞的房间里站了很久，没有动静。随后，他并没有先把那些最要紧的事说出来，反而说："一切平安，妈。我不愿意你每天晚上都这么坐着等我。"他停了一下，勉强又说了句，"一切平安。"

"我知道，"他母亲说，"你先坐下。"

他走过去，本想在那把旧沙发上坐下，可是却一下子瘫倒在椅子里。他母亲笑了笑。

“唔，”她说，“我知道你很累，不过我也看出你有心事。怎么一回事？”

男孩子愣了一会儿，然后很快地说起话来，不过声音倒也还平静。“我必须得送一封电报到C街上的一位太太那儿去。”他说，“她是位墨西哥太太。”他忽然停了下来，站起了身子。

“我不知道怎么把这件事说给你听才好，”他说，“因为——唉，电报是国防部发来的。她儿子阵亡了，可是她不相信这件事。她就是不肯相信。我以前从来没看见过有人像她这么伤心的。她让我吃糖果——用仙人掌做的糖果。她抱住我，说**我**是她的孩子。我倒不在乎这个，只要这能让她快活些就好。我其实根本不想吃那些糖果。”他又住了声。“她老是看着我，好像**我**真是她的孩子。有一阵子，我自己也拿不准我究竟是不是，心里真不好受。我回到电报局的时候，老报务员，格罗根先生——他喝醉了，真像他说过的那样。我照他**吩咐**过我的话做了——在他脸上泼了点水，给他端去一杯清咖啡，让他清醒过来。假如他没干他分内的活儿，人家就要让他拿退休金了，他可不愿意。我让他清醒过来，他顺利完成了他的工作，后来他又把他自己的事说给我听，我们还唱了歌。我想这也许有点傻，可是这让我觉得很难过。”

他不说了，在房间里来来回回走了一会儿。他站在敞开的门口，不去看着他母亲，继续说了下去。“忽然一下子，”他说，“我觉得很孤独——我以前从来没有过这种感觉。就连爸爸去世了，我也没有**这种**感觉，因为——嗨，那时候我们全都看着你，而你却不让我们觉得起了什么变化。那时候也确实**没有**什么变化。一切都挺好的。我不知道是怎么回事，可是现在一切**都**变了。”接着他以年轻人那种斩钉截铁的口气说：“**一切**……”

他从敞开着的门口转过身来，面对着他母亲。“只不过两天工夫，”他说，“一切都不一样了。我觉得很孤独，而我又不知道**为什么**我会觉得孤独。”这会儿他走近了，说了声：“妈？”

她母亲没有回答，等着他继续往下说。“我不知道世界上正在发生些什么事，”他说，“也不知道为什么会发生。但是，不管发生什么事，都不要让它们这么伤你的心呀。一切**都**起了变化，但是别让它把**我们**变得太厉害呀。”

女人微笑着，听他还有什么话要说，见他不再说了，她才开口。“一切**都**起了变化，”她说，“对你来说是这样。但是实际上一切又没有什么变化。你觉得孤独，那是因为你不再是个孩子了。但是，世界上本来就到处充满了这种孤独。这种孤独并不是来自战争，不是战争造成孤独，而是孤独造成战争。那是因为一切事物不再享有上帝的恩宠而产生的绝望。我们会在一起，我们不会变得太多的。”她思索了一会儿，随后告诉他，面对世界上的种种变化，包括最最难以令人接受的变化，她会如何作出反应。“要是我收到了一封电报，”她说，“就像那位墨西哥太太今晚所收到的那样，我会相信电报上的**文字**，但是仅此而已。我也不用哭，因为我知道我的儿子是谁也杀害不了的。”她稍停了一下，然后又接着往下说，几乎是高高兴兴的口气。“你晚饭吃的什么？”

“馅饼，”荷马说，“苹果的，椰子酱的。电报局经理花钱买的。他是我遇到过的最最了不起的人。”

“明天我叫贝思给你送份午饭去。”麦考利太太说。

“我不用吃午饭，”荷马说，“我们喜欢出去买点东西，坐下来一起吃。你不用花那些工夫做午饭，再让贝思给送去。出去买点东西吃更有意思。”他住了声。“这份工作对我来说真不错，”他说，“不过相比之下，学校就真的有点傻气了。”

“当然啰，”麦考利太太说，“学校只是为了不让孩子们待在大街上，可是迟早，不管他们喜欢不喜欢，他们非得走上大街不可。父母们因为他们的孩子而害怕这个世界，这很自然，可是实际上他们其实没什么可害怕的。世界上到处都有被吓坏了的孩子。因为他们被吓坏了，所以他们就互相恐吓。想法子去理解，”她继续说，“想法子去爱你所遇见的每一个人。我每天晚上都会在客厅里等你，可是你不用来跟我说什么，除非你真的有话要说。我会理解的。我知道你以后还会有这样的时候，你心里有事，可是你一句话也说不出口。”她这会儿停了下来，看着男孩子，“你累了，我知道，那就赶快去睡吧。”

“好吧，妈。”孩子说着，就上他的房间去了。

# 第八章

## 主啊，请在我们桌上入席

早上七点，闹钟嘀嗒一响——还没开始闹——荷马·麦考利就坐起身来。他把闹钟拨了一下，不让它闹起来。随后他下了床，拿出纽约出版的健身教程，看起当天的训练内容来。他弟弟尤利西斯像平时一样注视着他，他老是跟荷马一样，闹钟刚嘀嗒一响，还没开始闹起来的时候就醒了，荷马是从来不让闹钟闹起来的。纽约出版的健身教程包括一本刊印的小册子和一具弹簧拉力器。荷马翻到第七课，尤利西斯挤到他的胳膊底下，想跟那神奇的玩意儿挨得更近些。荷马先做了些常规的准备动作，其中包括深呼吸，然后他在地上躺平了，直挺挺地抬起两条腿来。

“这是什么？”尤利西斯问。

“做体操。”

“为什么？”

“肌肉。”

“你会成为世界上最有力气的人吗？”尤利西斯问。

“不——会。”荷马说。

“那你会成为什么样的人呢？”

“你睡你的觉去。”荷马说。

尤利西斯乖乖回到床上，可是还是坐在那里看着。后来荷马开始把衣服穿上了。

“你要上哪儿去？”弟弟问。

“学校。”哥哥说。

“去学什么东西吗？”

“我要去跑二百二十码低栏。”

“你上哪儿去跑呢？”

“我不是随便上哪儿去都能跑的。每隔十码、十五码都放了木头架子，跑着跑着，还得跳过去。”

“为什么？”

“嗨，”荷马有点不耐烦了，“那是田径赛。二百二十码低栏。是绮色佳的大赛。我干活儿的电报局的经理，在他念绮色佳高中的时候，也跑过二百二十码低栏。他是山谷学区的冠军。”

“什么叫山谷学区的冠军？”

“就是最好的那个。”

“你要成为最好的那个吗？”

“唔，”荷马说，“我要去试试。现在你躺下睡你的觉吧。”

尤利西斯躺了下来，一边说：“明天——”他随即纠正了自己的错误——“昨天，我看见火车了。”

荷马知道他弟弟要告诉他些什么。他微笑着回想起自己以前是多么喜欢看着火车开过。“火车怎么样？”他问。

尤利西斯神情严肃地回忆着。“有一个黑人，挥手了。”他说。

“你有没有朝他挥手还礼呢？”荷马问。

“起先，是我先挥手的，”尤利西斯说，“然后他先挥手。接着我挥手。接着他又挥手。他唱着：‘肯塔基，别再哭泣。’”

“是吗？”

“他说‘回家去啰！’”尤利西斯说着，朝他的哥哥看看，“**我们**什么时候回家？”

“我们现在就在家里呀。”荷马说。

“那么他为什么不上这儿来？”

“各人有各人的家。有的在东部，有的在西部，有的在北部，有的在南部。我们家在西部。”

“西部是最好的吗？”

“我不知道，”荷马说，“我还没上别处去过。”

“你会去吗？”

“会有那么一天的。”

“上哪儿去呢？”

“纽约。”

“纽约在哪儿？”

“在东部。纽约之后，伦敦。伦敦之后，巴黎。巴黎之后，柏林。然后是维也纳，罗马，莫斯科，斯德哥尔摩——总有一天，我会走遍世界上所有伟大的城市的。”

“会回来吗？”

“当然。”

“你会很高兴吗？”

“当然。”

“为什么？”

“嗨，”荷马说，“因为——能见到妈，有马柯斯，还有贝思，当然高兴啰。”他又看着他的弟弟，“看到**你**也会高兴呀，还有隔壁的玛丽·阿利纳，她的父亲阿利纳先生。回到家里，坐下来聊聊天，听听音乐，唱唱歌，一起吃晚饭，也很高兴呀。”

小弟弟很认真地恳求着：“别去，”他说，“荷马，不要去！”

“我**现在**不会去，”荷马说，“现在我是上学校去。”

“**永远**不要去，”尤利西斯说，“爸爸去了，他再也没回来。马柯斯去了。你不要再去了，荷马。”

“我要去也得很久很久以后呢，”荷马说，“所以你还是睡你的觉去。”

"好吧，"尤利西斯说，"去跑二十二码吗？"

"**二百二十码**，"荷马说，"二百二十码低栏。"

荷马在早餐桌边坐下，他姐姐贝思和他母亲已经在等他了。一家人低下头祷告了一会儿，然后抬起头开始吃饭。

"你念的什么祷告啊？"贝思问他的弟弟。

"是我一**直**念的祷告。"荷马说，然后逐字逐句重复了一遍，就跟他还不大会说话的时候刚刚学着念一样。

> "主啊，请在我们桌上入席。
> 在此，无论何处您都受到敬仰。
> 保佑这些生灵，并且恩准我们
> 在天国与您共享盛宴。
> 阿门。"

"哦，这太陈旧了，"贝思说，"而且你根本就不懂你念的是什么意思。"

"我都懂的，"荷马说，"也许我念得稍稍太快了点，因为我饿了，可是我懂得它是什么意思。事物的精神才是最要紧的。**你**念的又是什么祷告呢？"

"你得先告诉我，你念的那些话是什么意思。"贝思说。

"**你**来问这个又是什么意思？"荷马说，"这些话的意思不就是话里所说的嘛。"

"唔，"贝思说，"是**怎么**说的呢？"

"主啊，请在我们桌上入席，"荷马说，"意思嘛，就是——

主啊，请在我们桌上入席。主有很多意思，我猜想，不过我认为所有的意思都是很好的。在此，无论何处您都受到敬仰——这个嘛，意思就是让好的事物在这儿，无论在什么别的地方都受到爱戴。这些生灵——我猜想，就是说我们——每一个人。保佑——意思就是——唔，就是保佑啦。保佑也许就是宽恕的意思，我猜想。或许是爱，或是照看，或是这一类的意思。我说不准，不过我猜想就是这么个意思。并且恩准我们到天国与您共享盛宴。这个嘛，正是这句话所说的意思。就是说恩准我们到天国与您共进宴席。”

“**您**是谁呀？”贝思问。

荷马朝他母亲转过身去。“这个祷告的意思是不是说，”他问，“如果人们做人做得对的话，他们每次在桌上坐下来的时候，都是在天国参加宴席了？您就是指美好的事物，对吧？”

“当然。”麦考利太太说。

“您的意思难道不是指**某个人**？”贝思问。

“当然，”荷马说，“但是我也是某个人啊。妈、你，每一个人，都是某个人。若是这个世界就是天堂，曾经跟我们一起吃饭的每一个人都是某个人。贝思，”荷马不耐烦地说，“这是个饭桌上的祷告，你跟我一样，完全明白它的意思。你就是想把我搞糊涂。好吧，不用担心，你能办到。我想**随便谁**都能把我搞糊涂，但是这招没用，因为我有信仰。每个人都有**信仰**。是不是啊，妈？”

“当然啦，”麦考利太太说，“要是你没有信仰的话，你就不再是个活人了。你根本不能参加什么宴席，更别提在天国里啦——无论你桌上堆满什么美味的食物。是信仰让事物变得美妙——不是事物本身。”

“你明白了吧，”荷马对贝思说，就此终止了这一场讨论。“我今天要参加田径赛，跑二百二十码低栏。”他说。

“是吗？”麦考利太太说，“为什么呢？”

“噢，妈，那是一项很重要的竞赛，”荷马说，“斯潘格勒先生在**他**念绮色佳高中的时候也跑过。这项竞赛必须**又**跑**又**跳。他总是随身揣着一个白煮蛋，讨个吉利。”

“揣上个白煮蛋讨吉利，”贝思说，“那是迷信。”

“嗨，那又有什么关系？”荷马说，“管他是不是迷信。他叫我到查特顿的铺子里买隔天的馅饼——苹果酱的，奶油椰子酱的。两毛五分买两块。新鲜的馅饼一块就要两毛五。如果你只有两毛五，那就只能买一块。隔天的馅饼是两毛五两块，所以就可以买两块。每块馅饼我跟格罗根先生各分一半——但是他总共只吃一两爿。这么一来，我就吃了好多馅饼。格罗根先生更爱喝酒。”

隔壁那个叫玛丽·阿利纳的姑娘从后门走进厨房来。她端着一只伍尔沃思小碗[1]，把它放在桌上。荷马站起身来。

“来，玛丽，”他说，“坐下来跟我们一起吃早饭吧。”

---

① 指美国实业家伍尔沃思（Frank Winfield Woolworth, 1852–1919）经营的低价商品公司所经销的小碗。

“我刚刚跟爸爸一起吃了早饭，送他去上班了，”玛丽说，“不过还是谢谢。我带来一些我替爸爸炖好的桃子干，麦考利太太。”

“谢谢你，玛丽，”麦考利太太说，“你爸爸好吗？”

“爸爸挺好，”玛丽说，“不过他成天喜欢逗我。今天一早，他刚坐到桌子面前就问我：‘有信吗？马柯斯来信了吗？’”

“我们很快就会收到下一封信的，”贝思说。她从桌边站了起来，“来吧，玛丽，”她说，“我们走吧。”

“好的，贝思，”玛丽说，随后又朝麦考利太太转过身来，“不过说句心里话，麦考利太太，我越来越不想念大学了。大学和中学都一个样。我年龄已经不小了，不该老是上学了。时代不同了。我打心眼儿里实在只想出去在什么地方给自己找份工作。”

“我也是这么想的。”贝思说。

“瞎说，”麦考利太太说，“你们俩都还是孩子——才十七岁。玛丽，你父亲有份好工作；贝思，你**弟弟**也是。”

“可是，这样好像不太对头，麦考利太太，”玛丽说，“马柯斯在当兵，世界上到处都在互相残杀，而我们却只是去上学念书，这好像不太对。我有时候真希望自己是个男的，那样我就可以跟马柯斯一起去当兵了。我们在一起一定挺有意思。”

“你现在还是别去担心，玛丽，”麦考利太太说，“这一切都会过去的。要不了多久，一切都会跟以前一样的。”

“是的，”玛丽说，“但愿如此。”接着她就跟她的朋友贝思·麦考利一起上学去了。

荷马看着他们走出去。过了一会儿他说：“妈，**那件事**怎么办？”

“怎么啦？这很自然嘛，”麦考利太太说，“两个姑娘想要出去扇扇翅膀了。”

“我说的不是她们想要出去扇扇翅膀，”荷马说，“我的意思是说玛丽。”

“玛丽可爱、纯朴，还像个孩子，”麦考利太太说，“她是我所见过的最孩子气的姑娘，马柯斯与她相爱，我很高兴。马柯斯可找不着比她更可爱的姑娘了。”

“妈，”荷马不耐烦地说，“**这些**我都知道。我想要说的不是这些。你难道不明白？”他住了口，随后忽然又补上一句，好像他的想法说出来也没什么意思似的——他的想法就是战争会给许多与战争没多大关系的人带来痛苦。“噢，好吧，我今晚回家时会再见到你的。再见了。”

麦考利太太看着他走出去，心里捉摸不透他想跟她说什么。忽然她从眼角里又见到一个人——一个很小的人。是穿着睡衣的尤利西斯。他抬头看着她，简直就像个小动物看着那个给予它最大欢乐和安慰的同类。他脸上的表情非常严肃，魅力十足。尤利西斯说：“他为什么说‘别再哭了，别再哭了’？”

“谁呀？”麦考利太太问。

“火车上那个黑人。”

“那是一首歌，尤利西斯，”麦考利太太说。她握住了他的手，“现在过来，把衣服穿上。”

“那个黑人今天还会在火车上吗？”小男孩问。

麦考利太太想了一想。“会的。”她说。

# 第 九 章

## 兔子就在这一带

在上学的路上，荷马·麦考利要经过圣班尼托大街。那儿有一道篱笆，护着一片杂草丛生的空地。篱笆老旧破烂，除了以一副神气活现的可笑气派点缀着一小块荒地，并且保护着一丛根本不需要保护的讨厌的野草以外，没有半点用处。这个白天上学、晚上兼职当投递员的学生把自行车的前轮猛地一扭，刹住了车。他扔下车，急急忙忙地朝篱笆跑了过去，好像在那儿能发现什么稍纵即逝的东西似的。那道篱笆比标准的低栏要高一英尺左右。那个地方若是真有什么稍纵即逝的东西，且不管它是什么，它消逝的速度可得花上一个世纪呢。

荷马打量着篱笆、篱笆背面的空地，还有篱笆前面助跑的空间，然后又估量了一下篱笆的高度，那可要比他的腰高出一大截呢。他先试着蹦跳了几下，后退了十码，没等给自己发个令，就猛地一转身，朝篱笆奔了过去。来到篱笆跟前，他姿势优美地跳了起来，踢着了篱笆，蹬断了一截，自己摔倒在野草丛里。不过他一翻身就爬了起来，跑回原地重新来过。篱笆杆子一蹬就断，发出响亮而多余的声音，听上去颇有喜剧的意味。荷马总共跳了七次，一次也没成功。直到整个篱笆都被踩倒，狼藉满地，他才停下来。

一个撑着手杖的老头从街对面的房子里走出来，抽着烟斗，默默地看着荷马。荷马最后一次摔倒了又爬起来，掸着身上的衣服时，这个人开了口。

“你在干什么？”他问。

“跨栏。”

“伤着自己没有？”

“没——有，”荷马说，“篱笆稍许高了点儿，就是这么回事。野草也滑。”

老人朝野草看了一眼，接着说：“那叫马利筋[1]，是养兔子的好饲料。兔子喜欢吃。大约十一年前我养过一窝兔子，可是半夜里有人把门打开了，它们就都跑了。”

---

[1] 马利筋（Milkweed），学名 Asclepias curassavica，观赏植物，莲生桂紫花，多年生直立草本，夏秋季开花，花呈紫红色或橘红色，原产热带美洲。

“他干吗要把门打开？”荷马问。

“那个嘛，我不知道，”老头说，“我一直没发现是谁干的。我丢了三十三只你能见到的最最漂亮的兔子。粉红眼睛，猫脸儿，比利时种的，还有两三只其他种类的——一直没找着。”

“你喜欢兔子？”荷马问。

“它们是很温柔的小动物，”老头说，“家兔的脾气很温顺。”他朝那片空地上的野草四周看了看。“三十三只兔子，跑出去已经有十一年啰，”他说，“咳，没人知道现在它们还剩下几只了——不知道**它们**怎么繁殖——也不知道它们现在变得有多**野**了。要是现在整个城里到处都是野兔子的话，我都不会觉得奇怪呢。”

“**我**可从来没看到过。”荷马说。

“也许没看到过，”老头说，“但是它们就在附近——就在这一带。很可能城里到处都有。再过几年工夫，它们就会成为一个大问题啦。”

他说他的，荷马还是骑上了他的自行车，“好吧，”他说，“我得走了，下次再来看你。”

“一言为定，”老头说，“我名叫查尔斯——你就叫我查理好了。随便什么时候你来，我都欢迎。”

“好的，先生，”荷马说。然后他又回到他自己的话题上，“今天下午要在高中的田径赛上跑二百二十码低栏。”他告诉那个老头。

“我从来没上过高中，”老头说，“不过我在美西战争[①]中打过仗。”

“好的，先生，”荷马说，“那么，再见了！”

“噢，那好吧，”老人说，不过他还是在自言自语。“美西战争，”他说，“有一半的时间就像兔子一样在跑。”

荷马骑上自行车，在拐角处消失了。老头一边慢慢地走回到他的破破烂烂的小房子，一边扑哧扑哧抽着烟斗，左顾右盼。他用手杖戳了戳一大株野草，“兔子就在这一带，”他说，“现在可变野了，可不像它们从前那个样子啰。”

① 美西战争（Spanish-American War），1899年4月，西班牙殖民地古巴30年解放战争行将胜利结束时，美国以美舰在哈瓦那被击沉为由，向西班牙宣战，并进攻北美的西属殖民地。7月西班牙战败求和。12月西、美签订《巴黎条约》，美国取得菲律宾、关岛和波多黎各。古巴当时名义上取得独立，实则纳入美国势力范围。

# 第 十 章

## 古代史

在绮色佳高中运动场的跑道上，二百二十码低栏比赛的栏架已经安放好了。这会儿是早上，四个男孩正在进行一次练习赛。每一个都跑得不错，动作稳健，跨栏的姿势也很优美。拜菲尔德教练手里拿着秒表，走到优胜者的身边。

“这次比较好，艾克利。”他对一个男孩子说。这个男孩肯定非同寻常，不过话又说回来，也不见得怎么大**不寻常**。他那温顺的举止，说明他所出身的那个家庭，最近几十年来在衣食住行方面非但不算匮乏，而且还能常常款待跟他们家境同样良好的客人。

“你要学的还不少，”教练对男孩说，“但是我想今天下午的比赛你能赢。”

“我会尽力而为，先生。”男孩说。

“对，我知道，”教练说，“今天你不会有什么对手，但是两星期以后的山谷学区的比赛上，你就会遇上不少对手。现在去洗个淋浴，今天下午之前，可以悠着点儿。”

“好的，先生。”孩子回答。他走开了，忽然又停了下来，“对不起，先生，”他说，“我用了多少时间？”

“不差，”教练说，“可是也不算太好。不过时间我倒不担心。只要按照我教你的方法跑，我看你能跑第一。”

其他三个参赛者站在一边，看着，听着。

“他的**举动**虽然像个娘们儿，”有一个孩子对另两个人说，“可是他老是跑第一。你是怎么搞的，塞姆？”

“**我**是怎么搞的？”塞姆说，“**你**又是怎么搞的？**你**为什么不把他比下去？”

“我跑了第二。”

“第二并不比第三强。”另一个孩子说。

“休伯特·艾克利三世[①]竟然把我们比下去了！”塞姆说，“我们真该替自己害臊！”

“是啊，”跑第二的孩子说，“但是我们没话可说。他确实

---

① 英美人姓名的习惯，往往父子两代甚至祖孙三代同名。遇上此类情况时，就在姓氏后面加上序数，以示区别。

跑得更快，事实就是这样。”

教练向这三个男孩子转过身来，换了一种完全不同的口吻说：“好吧，你们几个——继续活动。你们还没有资格站在一边自鸣得意。回到起跑线去，再跑一次。”

男孩们一声不吭，回到各自的起跑线上。教练发了口令，让他们再跑一次。他们起跑以后，教练决定在下午的比赛之前，让他们再跑上几次。他好像很想让休伯特·艾克利三世赢得比赛。

古代史的教室里很快坐满了人，教师是上了年纪的希克斯女士。她正等着最后一遍铃声，等着教室里恢复秩序和安静，在她班上，这意味着对于这样一个难题——如何来教育而不是娱乐这些绮色佳的男孩和女孩——再作一番探索；他们现在在高中念书，不久之后——至少从理论上来说——便要准备踏入社会了。荷马·麦考利被一种近乎爱慕的心情弄得心神不宁，他正注视着一位名叫海伦·埃利奥特的女孩从门口走到她的书桌边去。毫无疑问，这是全世界最美丽的女孩子。除此之外，她还是个势利鬼——荷马不肯承认这是天生的、永恒不变的。话虽如此，他还是崇拜她，不过他学校生活里最大的冤家对头就是海伦·埃利奥特的这种势利脾气。跟在她后面进来的是休伯特·艾克利三世。休伯特走到海伦跟前，两人耳语了一番，让荷马觉得非常恼火。上课铃响了，老师说：“好啦，请安静下来，今天有谁没到？”

"我没到。"一个男孩子说。这个男孩名叫乔·特拉诺瓦，是班里的初级喜剧演员。乔的四五个忠实信徒，他那个狂热的滑稽小集团成员和他的崇拜者们，立刻同声赞叹他敏捷的、装疯卖傻的才智。可是海伦·埃利奥特和休伯特·艾克利却转过身来，朝着教室里那帮捣蛋大王，那帮举止毫无教养的贫民窟里的兔崽子们皱了皱眉头。这一下可激怒了荷马。等到所有的人都停住了笑声，他几乎是冲着他所瞧不起的艾克利和他所爱慕的海伦的脸,装腔作势地哈哈大笑了三声。接着他很快转过身来对乔说："至于你，乔，希克斯女士说话的时候，你就闭嘴。"

"好啦，不要再来你那一套，乔瑟夫，"希克斯女士说。她转身又望着荷马，"你也别闹了，小伙子，"她停下来，朝全班的学生巡视了一下，"现在，我们接着昨天结束的地方，继续来讲亚述人[①]的事情。我希望每一个人都能专心听讲——每一个人**自始至终**都要专心听讲。我们先从古代史课本上念一段，然后对念过的部分进行口头讨论。"

初级喜剧演员按捺不住，不肯放过这个起哄的机会。"不，希克斯女士，"他提议说，"我们不要进行口头讨论了，还是进行无声讨论吧，这样我就可以睡一觉。"那帮信徒们又一次哄堂大笑，而那两个势利鬼又一次厌恶地转过脸去。希克斯女士没有马上去理睬那个喜剧演员。一来她难以不佩服他才思敏捷，

① 古代东方国家，初建于公元前2000年左右，在公元前八世纪时极为强盛，其疆域东起伊朗高原，西临地中海，公元前605年灭亡。

二来她也觉得难以既能应付他，又让他继续发挥他的才智。不过，让他就范还是绝对有必要的。她终于开口了。

“你不可以这样让人难堪呀，乔瑟夫，”她说，“尤其是在你碰巧说对了，而我却说错了的时候。”

“噢，我很抱歉，希克斯女士，”喜剧演员说，“我想我实在是忍不住了。口头讨论！还有什么其他方式的讨论呢？不过好吧，我很抱歉。”然后，他摆出一副对自己、对自己的放肆表示揶揄的神情，朝她挥了挥手，用保护人的口气说，“开讲吧，希克斯女士。”

“谢谢你，”老师说，“现在，每个人——都清醒过来！”

“清醒！”乔说，“瞧瞧他们——他们都快睡着啦。”

虽然老教师很欣赏乔的俏皮话，可她还是不得不说：“你再插嘴，乔瑟夫，我就要叫你去校长室了。”

“我只是想要受一点教育罢了，”喜剧演员说，“不过你就看看他们，他们难道不是快睡着了吗？”随后他环顾了一下全班学生的脸，又添上一句，“我的全体伙计们也是如此，伟大的垒球运动员们。”

“喂，住嘴，乔，”荷马对他的朋友说，“你用不着老是要出风头。人人都知道你有多聪明。”

“一句话也别再说了，”希克斯女士说，“你们两个**哪一个**也别再开口了。现在，”她说，“把书翻到第 117 页，第二段。”大家都翻到这一页，找着了这一段。“古代史，”教师往下说，“**好**

像是一门沉闷乏味、毫无必要的学问。在当下这个时代，在我们自己这个世界上，就有那么多历史事件在发生，要去研究和理解另一个世界—— 一个消逝已久的世界——好像是没有什么用处的。不过，这种观念是不正确的。对我们来说，了解别的时代、别的文化、别的民族和别的世界，是非常重要的。谁愿意到全班前面来朗读？”两个女孩和休伯特·艾克利三世举了手。

喜剧演员乔转过身来对荷马说："瞧见那小子没有？"

老师在两个自告奋勇的女孩里选了美丽而势利的海伦·埃利奥特。荷马神魂颠倒地看着她走到全班面前。她先站定了一会儿，出落得很美丽的样子，然后以她想象中最纯洁、最迷人的声音朗读起来。荷马面对如此一个难以置信的奇迹般的形体和声音，心里赞叹不已。

海伦·埃利奥特念道："长鼻子、长头发、长胡须的亚述人将北部的尼尼微①发展到极为强盛的地位。他们与赫梯②人、埃及人周旋，经历几度盛衰，终于在公元前一千一百年，在提格拉·帕拉萨一世③在位期间，征服了巴比伦④。在随后的几个

① 尼尼微（Nineveh），为古代亚述帝国的重镇之一，位于底格里斯河东岸，在今日伊拉克摩苏尔一带。

② 赫梯（Hittites），小亚细亚中部、黑海南岸古国，在今日土耳其科泽尔河流域，约在公元前十七世纪建国，公元前十四世纪臻于强盛，占有小亚细亚大部及幼发拉底河上游地区。后国家分裂，国力渐衰，公元前八世纪被并入亚述版图。

③ 提格拉·帕拉萨一世（Tiglath Pileser I, 公元前 1076 年去世），亚述国王，公元前 1115 年即位。亚述国在其治下，大肆开疆拓土。

④ 巴比伦（Babylon），古代东方国家，以两河流域的巴比伦城为中心。古巴比伦王国（约前 1894 – 前 1595 年）为赫梯人所灭。新巴比伦王国（前 626– 前 538 年），一称“迦勒底王国”，为波斯所灭。

世纪之内，权力在石砌的尼尼微城和砖砌的巴比伦城之间来回交替。叙利亚和亚述这两个名称没有任何关联。亚述人一直跟叙利亚人作战，一直到提格拉·帕拉萨三世[①]征服了对方，并且驱逐了十个以色列[②]的流亡部落。”

海伦停下来，换口气好继续往下念，可是荷马没等她开口就说：“那么休伯特·**艾克利**三**世**怎么样？**他**征服了谁？他又做了些什么？”

那个颇有教养的男孩温文尔雅而愤愤不平地站起身来。“希克斯女士，”他非常严肃地说，“我无法容忍这种存心捣蛋的行为不受到纠正或是惩戒。我只好请你命令麦考利先生上校长室去——否则，”他字斟句酌地说，“我就只好自己来解决这件事情了。”

荷马从座位上跳了起来，“嗨，住嘴，”他说，“你的名字**是**休伯特·艾克利三世，是不是？那么，你做过什么？或者，以此类推，休伯特·艾克利二世又做过什么？还有休伯特·艾克利一世又做过什么？”他停下来，转身看着希克斯女士，然后又看着海伦·埃利奥特。“我认为这是一个很有学问的好问题。”他说。然后他又转过身去对着休伯特·艾克利三世，把那个问题重复了一遍：“他们做过什么？”

---

① 提格拉·帕拉萨三世（Tiglath Pileser III, 公元前729年去世），亚述国王，公元前745年即位，在位期间实行军事改革，对境外发动战争。在其治下，亚述成为亚洲西部的军事强国。

② 此处的以色列指巴勒斯坦北部的古国，公元前722年为亚述所灭，大批居民被迫迁徙境外，其旧领被并入亚述版图。

“嗯，”休伯特说，“至少姓艾克利的没有一个是普通的——”他停下来，想找一个合适而尖刻的字眼儿，随后说，“——吹法螺的[1]。”这个字眼儿，以前在绮色佳可没人听说过。

“吹法螺的？”荷马说。他转过身来望着老师。“那是什么意思，希克斯女士？”他说。她一时也说不上这个字眼儿的意思，荷马马上又转过身来对着休伯特·艾克利三世继续说了下去，“听着，小三子，”他说，“不要用那些我从来没听说过的字眼儿来骂我。”

“一个吹法螺的，”休伯特说，“就是一个小流氓——一个吹牛皮的。”他停下来，想要找一个更低级的字眼儿。

“喂，住嘴。”荷马说。

他朝海伦·埃利奥特转过身去，露出了有名的麦考利家的笑容。“**吹法螺的！**”他重复了一遍，“这算是什么骂人话呀？”随后他坐了下来。

海伦·埃利奥特等着老师向她示意继续往下念，可是希克斯女士不见动静。荷马终于明白了。他站起身来，对休伯特·艾克利三世说：“好吧，我道歉。对不起。”

“谢谢你。”那个有教养的孩子说罢就坐了下来。

古代史教师朝教室里环视了一下，然后说：“荷马·麦考利和休伯特·艾克利三世，放学后留在你们的座位上。”

---

① 原文此处为英语罕用词 fanfaron，意指自吹自擂、假充好汉的人。

“可是，希克斯女士，”荷马说，“学校的田径赛怎么办？”

“我对学校的田径赛没有兴趣，”老师说，“你们的品行发展跟体格发展同等重要。也许更重要。”

“希克斯女士，”休伯特·艾克利三世说，“绮色佳高中就指望我今天下午赢得二百二十码低栏赛，两星期之后在山谷学区田径赛中一显身手。我怕拜菲尔德教练会**坚持**要我参加的。”

“我不知道拜菲尔德教练是不是**坚持**，”荷马说，“不过，**我**今天下午要去跑二百二十码低栏——就是这么回事。”

休伯特·艾克利三世看了看荷马。“我倒不知道，”他说，“你也要参加那项比赛。”

“是啊，”荷马说，“我要参加的。”他朝老师转过身去。“希克斯女士，你这次放我们去，我保证不再捣乱了，不再不听话了，**什么**都不再做了。休伯特也是这样。”他回过脸去对休伯特说：“是吧？”

“是的，我保证，希克斯女士。”休伯特说。

“你们两个放学以后要留下来，”古代史教师说，“海伦，请继续念吧。”

“南方的迦勒底人，”海伦念道，“北方的米提亚人和波斯[①]人组成了同盟军，击溃了亚述帝国，尼尼微为他们所征服。尼

① 迦勒底（Chaldea），即新巴比伦王国（前626－前538年）。尼布甲尼撒二世在位时，版图扩张至叙利亚及巴勒斯坦，后为波斯所灭。米提亚（Media），伊朗高原西北部的古国，约公元前八世纪建国，公元前550年为波斯所灭。波斯（Persia），伊朗高原西部的古国，公元前550年建国，公元前330年为亚历山大大帝所灭。

布甲尼撒二世[1]统治第二个巴比伦帝国。继之而起的是伟大的波斯国王居鲁士[2]，手下统率着庞大的侵略军。不过他的征服功业只不过是历史循环中的一环而已，因为这支军队的后裔以后又臣服于亚历山大大帝[3]。”

荷马这会儿心里老大不高兴，因为前一天晚上的工作觉得疲倦。他被那个姑娘甜美的声音催得沉沉欲睡，心里总觉得这种声音只是为了他一个人才生成的。他慢慢地把脑袋安放在交叉起来的胳膊上，开始享受起几乎与沉睡相仿的意境来。但是他耳边还是听得见那个姑娘的朗读。

“从这个大熔炉里，”她念下去，“世界得到了一份极为珍贵的遗产。《圣经》里的摩西[4]律法中有几条原则，来源于被称之为立法者的汉穆拉比[5]所制定的法律。在他们的算术方法里，他们运用十二进位制，与我们所熟悉的十进位制同样娴熟，我们也从中学到了将一小时分作六十分，并将圆周分作三百六十度。阿拉伯给了我们今日的数字，仍然称作阿拉伯数字，以示

① 尼布甲尼撒二世（Nebuchadnezzar the Second, 公元前 562 年去世），新巴比伦王国国君，在位时多次发动战争，并大兴土木建巴比伦城。为其王妃所造“空中花园”，被称为“古代七大奇迹”之一。

② 居鲁士（Cyrus, 约前 600 – 前 529 年），古代波斯帝国国君，公元前 550 年灭米提亚，建波斯帝国，在任时开疆拓土，极一时之盛。

③ 亚历山大大帝（Alexander the Great，前 356 – 前 323 年），马其顿国王，公元前 336 年即位，武功盛极一时。

④ 摩西是《圣经·旧约》里率领希伯来人摆脱埃及人奴役的领袖。犹太教将《圣经·旧约》前五卷称之为“律法书”，并称出自摩西手笔，故亦有“摩西五书”的说法。

⑤ 汉穆拉比（公元前 1750 年去世），古巴比伦王国国君，在位期间曾颁布著名的《汉穆拉比法典》。

与罗马数字体系有别。亚述人发明了日晷。现代的药物符号以及黄道十二宫为巴比伦人所首创。较为晚近的时期，小亚细亚的考古发掘揭示，那里曾经有过一个强盛辉煌的帝国。”

“一个强盛辉煌的帝国？”荷马梦想着，“在哪儿？在绮色佳？在加利福尼亚的绮色佳？一下子就下了地狱，无影无踪了？没有任何伟大的人，没有任何伟大的发现，没有日晷，没有数字，没有黄道，没有幽默，什么也没有？这个伟大的帝国在哪儿？”他决定再一次坐直了身子，朝周围看一看。他看见的只有海伦·埃利奥特的脸蛋儿，也许这张脸就是所有的帝国里最伟大的那一个了。他耳边听着她奇妙的声音，也许这个声音就是可怜的人类最最伟大的成就了。

“赫梯人，”她说，“沿着海岸下来，长驱直入埃及。他们与希伯来部落通婚，让希伯来人生出了赫梯人的鼻子。”

海伦不再朗读，转身看着古代史教师。“这一章念完了，希克斯女士。”她说。

“念得非常好，海伦，”希克斯女士说，“谢谢你出色的朗读。你可以坐下了。”

# 第十一章

## 有关人类鼻子的一番演讲

希克斯女士等着海伦坐下，然后环视了一下她的学生们的面孔。“现在，”她说，“我们学到什么了？”

“知道全世界的人都有鼻子。”荷马说。

好歹这也是个回答，希克斯女士听了并没有发怵。“还有什么？”她说。

“知道鼻子呢，”荷马说，“不光是用来擤，或者让人感冒的，还可以用来整理古代史的记载。”

希克斯小姐转过脸去不看荷马，说：“还有谁要讲吗？荷马好像对鼻子着了魔了。”

"哎，这可是书上写的呀，是不是？"荷马说，"**他们**为什么要在书上提到它呢？那就一定是很重要的。"

"麦考利先生，"希克斯女士说，"也许，你是想以鼻子为题作一番即兴演讲吧。"

"好吧，"荷马说，"也许不完全是演讲——不过古代史告诉了我们一件事，"他慢条斯理起来，还毫无必要地加重了语气，继续说，"人始终都有鼻子。要证明这一点，只要看看教室里的每一个人就可以了。"他环顾了一下大家。"鼻子，"他说，"人人都有。"他停了一停，想想关于这个题目还有什么可说的没有。"鼻子，"他想定了又说，"也许是人脸上最滑稽可笑的部分。对于人类而言，它始终是难堪的根源。赫梯人之所以跟什么人都要打一仗，很可能就是因为他们生有那么大的鹰钩鼻子。谁发明了日晷，这个问题无关紧要，因为或早或晚，总会有人发明手表的。重要的问题是：谁的鼻子如何？"

喜剧演员乔听得津津有味，十分钦佩——如果不是妒忌的话。

"有些人用鼻子说话，"他说，"许许多多人用鼻子打呼噜，还有些人能用鼻子吹出调儿来，或是用它唱歌呢。有些人被他们的鼻子牵着走，另外一些人用鼻子在各种各样的地方侦察、刺探、管闲事。在热情奔放的爱情故事里，鼻子被疯狗还有电影演员咬过。它们吃过闭门羹，被打蛋器和自动换片机夹住过[①]。鼻子像

① 指电唱机上的自动调换唱片的装置。

棵树一样是固定不动的，但是因为它长在一个活动的物体——脑袋——上面，所以它被带到它处处挡道碍事的地方去，因而遭到严厉的惩罚。鼻子的用途本来是为了嗅出空气里有什么气味的，可是有些人却用他们的鼻子对别人的见解、举止或是外表表示不屑。”他转过身来看了看休伯特·艾克利三世，然后又看了看海伦·埃利奥特。她的鼻子非但没有朝天翘着，不知为了什么反而稍稍低了下来。“这些人哪，”他说，“通常都是鼻孔朝天，好像只有这样才可以进入天堂。大多数动物都有鼻孔，但是很少有我们所谓的鼻子。然而，动物的嗅觉比人类的嗅觉要发达得多——人有一个鼻子，这可不是闹着玩的。”荷马·麦考利深深吸了一口气，决定要结束他的演说了。“有关鼻子最为重要的一点，”他说，“就是它制造麻烦，引起战争，分裂多年的交情，并且破坏了很多幸福的家庭。**现在**，希克斯女士，我可以去参加田径赛了吧？”

尽管古代史教师很欣赏这一番小题大做、想象力丰富的演说，却不允许这个演说的成功干扰她整顿课堂秩序的必要。“你放学以后必须留下，麦考利先生，”她说，“还有你，艾克利先生。现在，我们已经解决了鼻子的问题。另外请哪一位同学再对我们刚刚念过的部分发表见解？”

没有人发表见解。

“来啊，来啊，”希克斯女士说，“谁再来谈谈——**谁**都可以。”

喜剧演员响应了号召。“鼻子是红色的，”他说，“紫罗兰是蓝色的。这个班上的人都没了生气。很有可能你也是如此。”

“还有谁要讲？”希克斯女士说。

“航海家和探险家通常都长着大鼻子。”一个女孩子说。

“凡是长着两个脑袋的孩子，都有两只鼻子。”乔说。

“鼻子从来不长在后脑勺上。”乔的一个信徒说。

“哪一位再谈谈？”希克斯女士说。她转过脸看着一个男孩，叫了他的名字，“亨利？”

“我对鼻子一无所知。”亨利说。

乔转过脸去看着亨利。“好吧，”他说，“那么摩西是谁呀？”

“摩西是《圣经》里的。”

“他有鼻子吗？”

“当然有鼻子的啰。”

“好吧，那么，”乔说，“你为什么不说‘摩西[①]有只鼻子，跟大多数人的鼻子一样大’？这是一堂古代史课，你为什么不想法子偶尔也学点东西？摩西——鼻子——古代——历史。懂了没有？”

亨利努力想弄个明白，“摩西，鼻子，”他说，“不。再等一等。摩西的鼻子是一只大鼻子。”

“唉，”乔说，“你永远是什么也学不会。你会死在贫民窟里的。摩西有只鼻子，跟大多数人的鼻子一样大！亨利，你非

① 在英语中“摩西”（Moses）与“鼻子”（noses）押韵，这里乔显示口才，临时杜撰了一句绕口令。

得把这个弄明白了。现在好好想一想吧。”

“就这样吧，”希克斯小姐说，“还有谁想说？”

“手比眼睛快，”乔说，“可是只有鼻子会跑。”

“希克斯女士，”荷马说，“你一定要让我去跑二百二十码低栏。”

“我对**什么**高栏低栏统统不感兴趣，”希克斯女士说，“行了，还有谁要讲吗？”

“好啊，”荷马说，“我替您把这堂课气氛搞活了，对不对？我让他们大家都讨论鼻子了，是不是？”

“那是两码事，”古代史教师说，“现在还有什么其他人有话要说？”

可是时间已经太晚了。下课的铃声响了。大家都站起身离开，去看田径赛了，只剩下荷马·麦考利和休伯特·艾克利三世。

# 第十二章

## 二百二十码低栏比赛

绮色佳高中的男生体育教练站在绮色佳高中的校长办公室里。校长姓艾克。这个超短的姓被罗伯特·李普利[①]先生在一份日报上题为《信不信由你》的连环漫画里及时报道了。艾克先生的名字叫奥斯卡，这就不值一提了。

“希克斯女士嘛，”绮色佳高中的校长对绮色佳高中的教练说，“是我们学校里有史以来年纪最大，而且到目前为止也是最优秀的教师。我上绮色佳高中的时候，她就是**我**的老师了，而且她也是你的老师，拜菲尔德先生。我想我可不愿意因为处罚两个不守秩序的孩子而去干涉她的事情。”

“休伯特·艾克利三世**不是**个不守秩序的孩子，”教练说，“荷马·麦考利嘛，是的。休伯特·艾克利三世——不是。他是一位地道的小绅士。”

“对，”校长说，“休伯特·艾克利三世**确实**出身于一个富裕人家。不过要是希克斯女士要他放学以后留下来，那么他**就得**留下来。他**确实**是一位地道的小绅十，毫无疑问的。我记得他**父亲**也是。地道——很地道。但是希克斯女士是古代史的任课教师，从来没听说过她会处罚哪个不该受罚的学生。休伯特·艾克利三世只好另找时间去参加比赛了。”

校长认为这件事情就到此为止了。教练也转身离开了办公室，不过他并没有上运动场去。相反，他却跑到古代史的教室去了。他在那儿看到了荷马、休伯特和希克斯女士。他朝老教师微笑着鞠了一躬。

“希克斯女士，”他说，“关于这件事，我已经跟艾克先生说过了。”他这句话的意思就是他已经被授权来放走休伯特·艾克利三世。不过荷马·麦考利一跃而起，好像要放走的人是**他**似的。

“不是**你**，”教练用轻蔑的口气说。他转过脸去看着另外那

---

① 罗伯特·李普利（Robert Ripley, 1890–1949），是美国著名的漫画家，1921年创办并主持《李普利氏信不信由你》专栏，以漫画形式介绍世界各地的奇闻趣事，成为世界上持续时间最长、读者最为众多的漫画专栏。校长的姓氏在英语中为Ek，仅两个字母，相当少见，所以吸引了李普利的注意。

个孩子说，“艾克利先生。”

“你这是什么意思？”古代史教师说。

“艾克利先生，”教练说，“得马上换上他的运动衣，去跑二百二十码低栏。我们正等着他呢。”

“是吗？”荷马说。他义愤填膺。“那么，”他说，“**我——麦考利**先生，又该怎么样呢？”教练没理他，走出了教室，后面跟着一个多少有些惶恐不安的年轻人——休伯特·艾克利三世。

“希克斯女士，你看见了吗？”荷马·麦考利大声说，“这是特权不是？”

古代史教师被刚才发生的事气得连话都说不上来了。

“拜菲尔德先生，”她轻声低语道，“只配给像他自己一样的蠢驴上体育课。”她住了声，觉得自己这句话说得也不太妥当。“我很抱歉，”她说，“可是这个人不光是无知，而且还是个说谎的人！”看到希克斯女士也会这样情不自禁地吐苦水，真令人痛快。荷马觉得她真是世上最优秀的教师。

“我一直不喜欢他，”荷马说，“现在知道你也不喜欢他，倒真是蛮好的。”

“我在绮色佳高中教古代史，已经三十五年了，”希克斯女士说，“我是绮色佳成千上百个男女学生在学校里的母亲。我教过你哥哥马柯斯和你姐姐贝思。要是你家里有弟弟妹妹的话，我有一天还会再教他们的。”

“只有一个弟弟，希克斯女士，”荷马说，“他叫尤利西斯。

马柯斯在学校里表现怎样？”

“马柯斯和贝思，”希克斯小姐说，“两个人都很好——诚实，有教养。是的，”她说，“**有教养**，”她字斟句酌地加重了语气。“古代的人的行为让他们生来就有教养。马柯斯就跟你一样，有时候也会瞎插嘴，可是他从来不会骗人。现在这些卑鄙小人，世上这些拜菲尔德一类的家伙，除了是傻瓜以外，什么都不是——他们觉得我是个老太婆了。他上这儿来，存心对我说谎——就像他小时候坐在这间教室里一再跟我说谎那样。他什么也没学会，只会对那些他觉得有地位的人厚颜无耻地奉承拍马。”

“是吗？”荷马说着，怂恿古代史教师继续她的批评。

“我见过比他更好的人被他这种人欺负，”她说，“他这种人一辈子都在说谎，欺骗，并且排挤那些不屑于这么做的人。二百二十码低栏！真是**低**得可以！”古代史教师的自尊心大受伤害。她擤了擤鼻子，揩了揩眼睛。

“唉，别难受，希克斯女士，”荷马说，“我就留在这儿。你可以因为我瞎插嘴处罚我。我觉得我是罪有应得。可是从今天起，我要努力学好。我以前不知道老师跟任何其他人一样，也是人——而且还是更好的人。好的，希克斯女士，你处罚我好了。”

“我把你们留下来，并不是要处罚你们，荷马·麦考利，”古代史教师说，“我总是只把那些我最放在心上的人留下——

我把他们留下，是为了更亲近他们。我还是不相信我会看错了休伯特·艾克利。是拜菲尔德先生让他不服从我的。本来我再过一会儿就会放你们两个人上运动场去的。你们被留下，不是受处罚，而是受教育。我观察着我班上孩子们心灵的成长，我每看到这种成长的新迹象都很高兴。你向休伯特·艾克利道歉了，你这一道歉，让他尴尬了，你让他难堪了，可他还是很感激地接受了你的道歉。我放学之后把你们留下来，是因为我想跟你们两人谈一谈——你们两个，一个出身于富裕的好人家，一个出身于贫困的好人家。要在这个世界上生存下去，对他来说要比你更困难。我希望你们能够互相多一些了解。这是非常重要的。我想跟你们**两个**人谈谈的。”

“我觉得我还是喜欢休伯特的，”荷马说，“不过他好像总觉得他比别的孩子都更好些似的。”

“对，我知道，”古代史教师说，“我知道你是怎么想的。但是世界上每一个人都比某些人来得更好，可是又不如**另外**一些人。乔·特拉诺瓦比休伯特更机灵，可是休伯特为人也一样诚实。在一个民主国家里，在尽力而为这一点上，人人都是平等的；除此之外，每个人都可以按照自己的愿望去做好事或者不做好事，去成为高尚的人或是愚蠢的人。我迫切希望我的男女孩子们努力去做好事，努力成为高尚的人。至于他们表面上是**什么样子**，倒不关我什么事。他们的举止是好是坏，我都不会上当。我感兴趣的是举止背后的真实的东西。我的孩子们富也好，贫也罢，不管他是天主教徒、新教徒，还是犹太人，不管他是白种人、黑种人，还是黄种人，有才华还是迟钝，智力过人还是头脑简单，这些我都不在乎，只要他有人性——只要他心地好——只要他热爱真理和荣誉——只要他尊重地位比他低的，爱地位比他高的。只要在我课堂上的孩子有人性，我并不要求他们做人的**举止**都一模一样。只要他们心地不坏，他们彼此各不相同都没有关系。我希望我的每一个孩子都有自己的个性。我并不希望你，荷马，只是为了让我高兴，或者是让我的工作轻松些，就去学得跟别人一样。要是一个教室里坐的都是地地道道的小绅士和小贵妇，那我很快就会厌倦了。我希望我的孩子们都能成为**人**——每一个都是独立的——每一个都是独特的——每一个都与众不同得令人高兴、兴奋。我本来希望休伯特·艾克利也能在这儿，跟你一起听听这些话——希望他跟你同样明白，如果现在你不喜欢他，他也不喜欢你，这是完全自然的。我希望他能懂得，尽管你们两个天性互不相投，但是只要你们能够互相尊重，你们两个就开始成为真正的人了。所谓有教养就是这个意思——你们要从古代史去学习的也就是这么一回事。”这时教师停了一会儿，看看男孩子。尽管他自己也不明白为了什么原因，他却快要掉眼泪了。

“我很高兴能够跟你谈谈，”她说，“比跟我认识的任何其他人谈都更高兴。等你离开这个学校以后——到你早已把**我**忘了的时候——我还是会看着你在世上的成长，我也不会因为你做了什么好事而感到意外，因为我知道你会这么做的。”古代史教师又擤了擤鼻子，用手帕抹了抹眼睛。“快到运动场上去吧，”她说，“到二百二十码低栏赛上去跟休伯特·艾克利比一比吧。要是你没有时间换运动服，你只管就这么跑好了，就算人人笑话你也行。将来你初踏进社会，就会听到很多次笑声，那还不仅仅是人们的嘲笑，而是许许多多事情本身在奚落、嘲笑你，让你难堪，要你回头——可是我知道你是不会去理睬那些笑声的。”教师叹了口气，很疲倦地说，“快去运动场吧，荷马·麦考利。我会来看的。”加利福尼亚州绮色佳圣塔克莱拉大街上麦考利家的老二转身走出了教室。

在运动场上，休伯特·艾克利和那三个当天已经跟他比赛过的男孩正在跑道上各就各位，准备进行二百二十码低栏比赛。那个提着手枪的人正要举起胳膊来发起跑令的时候，荷马来到了第五条跑道上。他跟别人一起上了起跑线。他感觉良好，可是也很生气。他相信天底下没有任何东西——鞋子不对头，没有适合赛跑的衣服，缺乏练习，或是无论什么其他的事情——能够阻挡他赢得这场比赛。他赢得比赛，是再自然不过的事。

休伯特·艾克利在与荷马相邻的跑道上转过身来对他说：“**你**不能参加这场比赛——像你这样。”

“不能吗？”荷马说，“走着瞧吧。”

拜菲尔德先生坐在大看台上，转身对旁边的人说：“那个没穿田径服、从外道上起跑的人是谁？”随即他便想了起来那是谁。

他决定要停止这场比赛，好把第五个参赛的人赶走，可是已经晚了，枪声一响过，赛跑的人飞奔起来。荷马和休伯特稍稍抢在别人前头跑到了第一栏前面，两个人都干净利落地跨了过去。在第二栏上荷马稍稍占了休伯特的上风，随后在第三、第四、第五、第六、第七和第八栏上，一路领先。可是休伯特·艾克利却紧随在后。两个男孩子一边跑着还一边对话。跨第一栏的时候，休伯特嚷嚷："你从哪儿学会这么跑的？"

"没学过，"荷马说，"我**现在**正在学。"

过第二栏的时候，休伯特说："你急什么，你跑得太快了。"

"我要赢得比赛。"荷马说。

过第三栏的时候，艾克利说："谁说的？"

过第四栏的时候，荷马说："我说的。"

过第五栏的时候，艾克利说："放慢些。这是长距离的比赛。你会跑不动的。"随后，他忽然大叫："哎——哎，小心！拜菲尔德过来了！"

正当荷马跑到第九栏的时候，绮色佳高中的体育教练从相反方向跑了过来。荷马不管三七二十一，跨了过去，恰好和张开胳膊的体育教练撞了个满怀，大人孩子都摔倒在地。休伯特·艾克利不再跑了，转身看着其他几个赛跑的人。"站着别动，"他大叫，"等他站起来。他跑得很好，现在遇到干扰了。"荷马很快站起身来，又往前跑。他一跑，其他的人也跑了起来。

大看台上的每一个人，连海伦·埃利奥特在内，都对刚才比赛中发生的事惊奇不已。古代史教师希克斯女士这会儿来到比赛的终点线上。她正在喝彩，不过她是在为**每一个**男孩子喝彩。

“加油，荷马！”她说，“加油，休伯特！加油，塞姆！——乔治！——亨利！”

在倒数第二栏上，休伯特·艾克利三世赶上了荷马·麦考利。“对不起，”他说，“我得这么做了。”

“只要你能，”荷马说，“你往前跑啊。”

休伯特·艾克利三世稍稍跑到了荷马的前面，离终点不远了。荷马没有能跨过最后一栏，但是他差不多还是赶上了在他前面的选手。比赛的结果是如此接近，没人说得上来究竟是休伯特·艾克利赢了，还是荷马·麦考利赢了。塞姆、乔治和亨利很快也跑到了终点。古代史教师希克斯女士把他们聚拢到一起。

“你们跑得真漂亮，”她说，“每一个人都是！”

“我很抱歉，”休伯特·艾克利说，“希克斯女士。我应该留下来的，跟荷马一起。”

“现在没事了，”希克斯女士说，“荷马受到干扰的时候，你等着他站起来再跑，这样很好。”

绮色佳高中的教练朝被希克斯女士聚在一起的这群人跑了过来。他又气又恨，被刚才那一跤摔得脑袋有一点发晕。

“麦考利！”他从十五码以外就吆喝起来，“这个学期以内，”他说，“因为刚才你做的事，取消你参加学校任何体育活动的资格。”

教练跑到这群人面前，对荷马·麦考利怒目而视。古代史教师朝他转过身来。

“拜菲尔德先生，”她说，“你为什么要处罚荷马·麦考利？”

“对不住了，希克斯女士，”教练说，“我作决定，不需要古代史教研室帮忙。”他转过脸对荷马说，“你明白了吗？”

“是的，先生。”荷马说。

“现在到我的办公室去等着，等到我叫你走的时候你再走。”拜菲尔德说。

“你的办公室？”荷马说，“可是我得走了——”他忽然想起来他四点钟还得去上班。“现在几点啦？”他说。

休伯特·艾克利看了看他的手表，“四点差一刻。”他说。

“到我的办公室去！”拜菲尔德大声喝叱。

“但是你不明白，拜菲尔德先生，”荷马说，“我得去一个地方。我要迟到了。”

乔·特拉诺瓦走到这群人中来。“为什么放学以后要他留下来？”乔说，“他又没做错什么事。”

教练已经按捺不住了：“闭上你那张肮脏的南欧佬①小嘴！”他对乔吆喝道。他一推，把那孩子推了个四脚朝天。但是乔·特拉诺瓦人还没摔倒在地，就大声叫起来：“南——欧——佬？”

① 拜菲尔德所用的wop一词，英语原文是对移居美国的南欧人的蔑称，尤指意大利移民。

荷马好像上了橄榄球场似的，一把抱住拜菲尔德先生把他摔倒在地，一边说："你不能骂我的朋友。"

荷马和拜菲尔德又一次同时摔倒在地上的时候，乔·特拉诺瓦从地上站起身来。他怒气冲天地扑在拜菲尔德身上，拳打脚踢。这时，学校校长艾克先生上气不接下气、惊慌失措地跑了过来。

"先生们，"他说，"孩子们，孩子们！"他把乔·特拉诺瓦从体育教练身上拖了起来，而教练还是趴在地上。

"拜菲尔德先生，"中学校长说，"这样不寻常的行为是什么意思？"

拜菲尔德指着希克斯女士，连话也说不上来。

希克斯女士站在他的身边，"我已经跟你说过多次，拜菲尔德先生，叫你不要欺负人。"她说，"人家不喜欢被你欺负的。"她转过身来对着校长。"拜菲尔德先生，"她说，"应当向乔·特拉诺瓦道歉。"

"是吗？拜菲尔德先生，是这样吗？"艾克先生说。

"乔家里是意大利人，"希克斯女士说，"不过他们不该让别人管他们叫南欧佬。"

乔·特拉诺瓦说："他不用向我道歉。他要是骂我，我就打烂他的嘴。他要是打我，我就叫上我的弟兄们。"

"约瑟夫！"希克斯小姐说，"你必须允许拜菲尔德先生道歉。他不是向你道歉，也不是向你的同胞们道歉。他是向我们自己的国家道歉。你一定要给他权利，让他重新努力去做一个美国人。”

“是的，应该如此，”学校的校长说，“这是美国。只有忘了这儿**是**美国的人才是外国人。”他转过身去，望着那个仍然趴在地上的人，“拜菲尔德先生。”他命令道。

绮色佳高中的体育教练从地上爬了起来。他并没特地向着哪一个，只说了声“我道歉”，就匆匆走了。

乔·特拉诺瓦和荷马·麦考利一起走开了。乔走得挺正常，可是荷马走起来却是一瘸一拐的。拜菲尔德刚才想拦住他的时候，他的左腿受了伤。

希克斯女士和艾克先生转身看着聚在周围的三四十个男女学生。他们类型不一，民族各异。

“现在好啦，”希克斯女士说，“回到你们家里去吧。”她看孩子们都有些发愣，又说，“打起精神来，打起精神来——不用发慌。这算不了什么事。”

“是啊，”学校的校长说，“打起精神来。战争不会一直打下去的。”

孩子们三五成群地散开了。

# 第十三章

## 捕兽器，天哪，捕兽器！

田径赛之后，荷马·麦考利跨上他的自行车，尽快赶去上班了。与此同时，一个名叫大克里斯的男人走进了图莱尔大街上的科文顿体育用品商店。他身量过人，高个子，精悍结实，留着浅黄色的大胡子。他刚从皮德拉一带的山里下来，想看看有什么新鲜食物、子弹和捕兽器。那家商店的创办人兼店主科文顿先生马上向大克里斯展示了一台结构相当复杂的新式捕兽器，这是弗莱恩特那边一个人的新发明。这个捕兽器庞大而复杂，是用钢材、柠檬木、弹簧和绳索造的。它的原理大概是逮着了动物以后，把它拎起来翻个身，凌空吊着，直到放捕兽器的人来。

“这是全新的，”科文顿先生说，“是弗莱恩特那一带一个名叫赛弗蒂的人发明的。他已经去申请专利了。到目前为止，他只制作了两台，一台样品已经送到专利局去了，这一台是他送过来让我出售的。这台捕兽器可以捕获任何能在地上跑的动物。赛弗蒂先生把它叫作‘赛弗蒂氏抓举翻身擒拿万用捕兽器’。他开价二十块。当然，捕兽器还没有试用过，可是你可以亲眼看到，它很坚固，很可能毫不费力地把一头成年的大熊拎起来翻个身，凌空吊着呢。”

大克里斯像个小孩那样听体育用品商店的老板说着。尤利西斯·麦考利站在他身后，听得一样入了迷。他挤进这两个人中间，想把那个捕兽器看得更仔细。科文顿先生以为尤利西斯是跟大克里斯来的，而大克里斯以为尤利西斯是科文顿先生家里的，所以两个人都觉得没有理由去理会这个小男孩的在场。至于尤利西斯自己呢，他认为什么地方有有趣的东西可看，他就该属于哪个地方。

“这个捕兽器的一大特点，”科文顿先生说，“就是它不会**伤害**动物，这样可以让毛皮完好无损。这台捕兽器由赛弗蒂先生亲自保用十一年。这包括所有部件——柠檬木这种木材的柔韧性；弹簧、钢材、绳索和所有其他部件的耐久性。尽管赛弗蒂先生本人并不是个安装捕兽器的猎人，他却认为这是世界上最有效、最人道的捕兽器。他快七十岁了，安安静静在弗莱恩特住着，看看书，发明几样东西。都说他发明了三十七种各自不同、各有特色的实用品。”科文顿先生不再拨弄捕兽器了。“现在，”他说，“我想机关已经上好啦。”

尤利西斯想挤进去看看。他挨得太近，机器轻轻地、迅速地夹住他，把他凌空拎起翻了个身，放平了他的身子，紧紧夹在离地面三尺高的地方。孩子虽然有些不知所措，但他并没有作声。可是，大克里斯却不是那么若无其事。

“当心！”他对科文顿大吼，“我可不想伤着你儿子。”

“我儿子？”科文顿说，“我还以为他是**你的**儿子呢。我这辈子从来没见过他。他是跟你一起进来的。”

“是吗？”大克里斯说，“我没注意。行了，现在赶快动手，把他从捕兽器里放出来——把他放出来！”

“是的，先生，”科文顿说，“让我先来瞧一瞧。”

大克里斯很着急，不知所措，“孩子，你叫什么名字？”

“尤利西斯。”捕兽器里的孩子说。

“我叫大克里斯，”山里人说，“尤利西斯，你现在只要在里面好好待着，他就会把你放出来，站到地上来的。”大克里斯转过身去看着科文顿，“喂，快动手呀，”他说，“把这孩子放出来。把他放出来！”

科文顿先生也和大克里斯一样惊慌失措。“我不怎么记得赛弗蒂先生是怎么跟我讲解捕兽器的**那一部分**的了，”他说，“赛弗蒂先生没有当面**演示**过，你知道，因为——对了——我们找不到演示用的试验品。赛弗蒂先生只是**讲解**了一番。我看这个玩意儿可以移动出来——不对，这个好像是固定的。”

这会儿，大克里斯和科文顿先生一起拨弄起那台捕兽器来。大克里斯抱住孩子，这样若是那台机器突然松开，尤利西斯也不至于摔个嘴啃泥。另一位拨弄着捕兽器的各个部件，看看有没有什么地方能够松动。

“喂，快点儿呀，”大克里斯说，“咱们可不能让孩子在这儿凌空吊上一天吧。尤利西斯，你没伤着哪儿吧？”

“没有，先生。”尤利西斯说。

“好，你好好儿待着就是，”大克里斯说，“我们会把你从这里头弄出来的。”他看看孩子，又说，“你干吗要挤进去？”

“看看。”尤利西斯说。

“是啊，这可**真是**个叫人着迷的玩意儿，对不对？”大克里斯说，“现在这个人会把你弄出来，我不会让你摔着。你多大啦？”

“四岁。”尤利西斯说。

“四岁，”大克里斯说，“好啊，我比你大五十岁。这个人会把你弄出来的，你行不行？”大克里斯转过来望着科文顿先生。“你叫什么名字？”他问。

“华尔特·科文顿，”科文顿先生说，“这是我开的店。”

“那敢情好，”大克里斯说，“我说呀，华尔特，把这个男孩从捕兽器里弄出来。动一动那儿那块木头。我抱着他呢。你别担心，尤利西斯。你**父亲**叫什么名字？”

“马太。”尤利西斯说。

“噢，有你这么一个男孩子在身边，他可真走运。”大克里斯说，“一个张大着眼睛的小家伙。我真想能有你这么个男孩子，尤利西斯，可是我从来没遇到过合适的女人。三十年前，我在俄克拉何马遇上一个姑娘，可是她跟另外一个家伙走了。华尔特，你弄对了没有？”

“还没有，”科文顿先生说，“不过我会找到的。我想**这个**地方应该可以——不行。赛弗蒂先生跟我**讲解**过，怎么把动物从捕兽器里弄出来，可是我好像没有掌握住窍门。也许，因为不是动物而是个孩子，原理就不一样了。”

两个男人，带着一个小女孩的女人，还有两个九岁到十岁的男孩子，走进商店来看热闹。

“怎么啦？”一个男孩子问。

“我们这儿有一个孩子被夹在捕兽器里了，”科文顿先生说，“一个叫尤利西斯的男孩子。”

“他是怎么夹进去的？”一个男人问道，“要不要我去请大夫来？”

“不用，他没有受伤，”大克里斯说，“孩子一点儿没什么。他只是脚不着地，就是这么回事。”

“也许你们应该去叫警察。”女人说。

“不用，太太，”大克里斯说，“他只不过叫捕兽器给夹住了。

这儿的这个人——华尔特——他会把孩子弄出来的。”

“嗨，”那位太太说，“用这些荒唐的机器玩意儿让小孩子受罪，真是不要脸。”

“孩子没事的，太太，”大克里斯说，“他没受什么罪。”

“嗨，”太太说，“他要是**我的**孩子，我两分钟之内就会把警察叫到你们跟前来。”她气呼呼地牵着她的小女儿转身要走。

“我要看，我要看！”小女孩哭闹着说，“大家都在看，**我**也要！”女人转过身去，摇摇孩子，然后拖着她走出了商店。

“好了，别担心了，尤利西斯，”大克里斯说，“我们马上就能把你弄出来。”

然而科文顿先生却作罢了。“我最好还是去打个电话给赛弗蒂先生，”他说，“**我**没法子把这个孩子弄出来。”

“得在这儿待着？”尤利西斯问。

“不会，孩子，你不会的，”大克里斯说，“不会，你不会的。我们会把你弄出来的。”

一个男孩胳膊底下夹了一打下午出的报纸，走进了商店，挤进了人群，看看尤利西斯，看看其他人，又看看尤利西斯，然后开口说话了。

“哈罗，尤利西斯，”他说，“你在干吗？”

“哈罗，奥吉，”尤利西斯说，“夹住了。”

“为什么？”奥吉说。

“被夹住了。”尤利西斯说。

这个报童想去帮大克里斯的忙，反而碍手碍脚。他四下里看看，惊慌不已，呆若木鸡，慌张了一会儿之后，便朝街上飞奔而去。他一口气跑到电报局。荷马不在那儿，于是他又跑上大街，东奔西跑，一边在人群里撞来撞去，一边吆喝着当天的头条新闻。

有一个被他撞着的女人自言自语说："疯了—— 卖报卖疯了！"

奥吉跑过了整整一个街区，又回到大街当中，四面张望，寻找荷马。要想见到荷马骑着自行车，从一个拐角上出现，那得是个奇迹，可是他真的出现了。奥吉朝荷马跑过去，一边用最大的音量嚷嚷：

"荷马！你快过来！荷马，你一定得——"

荷马下了自行车。"怎么啦，奥吉？"他问。

"荷马，出事啦！"尽管荷马就在他的身边，奥吉还是大声嚷嚷，"你得马上跟我来，荷马！"他一把抓住荷马的胳膊。

"可是到底是什么事？"荷马问。

"在科文顿商店那边，"奥吉说，"赶快—— 你得马上来。"

"噢，"荷马说，"你是想让我看看橱窗里的鱼钩、来复枪或者别的什么东西吧。我不能再四处闲逛看东西了，奥吉。我现在正在上班，我得上班去了。"

荷马骑上车要走，可是奥吉一把抓住自行车的座椅，跟在他身边跑，把车子往科文顿商店的方向推。"荷马，"他嚷嚷，"你一定得跟我走！他被夹住了—— 他出不来了。”

“你在说些个什么呀？”荷马问。

他们一会儿就到了科文顿商店的大街对面。商店前面聚集了一小群人，荷马有些害怕起来。奥吉指了指这群人。两个男孩子就从人丛中挤过去，进了商店，来到捕兽器前面。夹在捕兽器里的正是荷马的弟弟尤利西斯。捕兽器周围站着大克里斯、科文顿先生，还有几个陌生的男人、女人和男孩子。

“尤利西斯！”荷马叫了一声。

“哈罗，荷马。”尤利西斯说。

荷马转过身来对着周围的人，“我弟弟在**那个**东西里干什么？”他问道。

“他被夹住了。”科文顿先生说。

“这些人都在这儿干什么？”荷马说，“走吧，回家去，”他对那些人说，“一个小孩子被捕兽器夹住了，难道天底下的人都得围着看热闹？”

“是啊，”科文顿先生说，“我得请那些不是我们的顾客的人离开了，”科文顿先生看了看人群，“华莱士先生，”他说，“你待着好了。你在这儿做生意的，还有你，西科特先生，乔治，斯平德尔，还有矮个儿。”

“**我**也在这儿做生意的，”一个男人说，“最多只不过一个星期以前，我还在这儿买鱼钩来着。”

“没错，”科文顿先生说，“买过鱼钩的。其余的人得离开了。”只有两个人稍稍挪动了一下身子。

“别担心，尤利西斯，”荷马说，“一会儿就没事了。多亏奥吉找到我。奥吉，你跑到电报局去，告诉斯潘格勒先生，就说我弟弟尤利西斯在科文顿商店被一架捕兽器夹住了，我正在想法子把他弄出来。我已经迟到了，不过，你就跟他说，把尤利西斯一弄出来，我马上就去。快去吧。”

奥吉转身就跑，迎头和一位走进商店来的警察撞了个满怀，差点儿把他给撞倒。

“这儿乱哄哄的，是怎么回事？”警察问。

“我们这儿有一个小男孩被捕兽器夹住了，”科文顿先生说，“弄不出来啦。”

“让我来瞧瞧。”警察说。他看看尤利西斯，然后朝人群转过身来。

“现在，好了，”他说，“你们走吧，统统走吧。这样的事天天都会发生。你们有的是更好的事要做，犯不着围在这儿看着一个被夹住的孩子。”警察把人群赶出了商店，然后把前门锁上。他朝科文顿先生和大克里斯转过身来，“现在让我们动手把这个孩子从这个玩意儿里弄出来，把他送回家去。”他说。

“是啊，”科文顿先生说，“越快越好。这才下午四点半，你就让我关店门了。”

“那么，这东西究竟是怎么操作的？”荷马问。

“这是一种新式捕兽器，”科文顿先生说，“是弗莱恩特的威尔弗雷德·赛弗蒂先生刚刚发明的。他要价二十块，已经在申请专利了。”

“行了，先把我弟弟弄出来再说，”荷马说，“要不就找一个**能够**把他弄出来的人。请赛弗蒂先生来一趟吧。”

“我已经给赛弗蒂先生打过电话了，可是电话机出了毛病。”科文顿先生说。

“出了毛病？”荷马大叫起来。他对于这一切感到非常愤怒。“电话机出不出毛病跟我有什么关系？”他说，“把那个人叫到这儿来，把我弟弟从捕兽器里弄出来。”

“是呀，我看你最好还是这么办。”警察对科文顿先生说。

“警官，”科文顿先生说，“我是合法开店做生意的。我是个奉公守法的公民。我交纳租税。我还可以说，你的薪水还是从我付的税里抽来的呢！我已经打过电话去找赛弗蒂先生了，但是电话机好像是出了毛病。我可不能大白天的离开我的店铺，出去找他。”

荷马直愣愣地瞪着科文顿先生，在他鼻子底下晃动着一只手指头，“你去把发明这架害人机器的人找来，把我弟弟弄出来。就是这样。”

“这不是害人的机器，”科文顿先生说，“这是市场上改革得最为精良的捕兽器。它可以把动物凌空拎起，而不损伤它的皮毛和身体。这架机器不挤，不割，不压。它的操作原理是把动物拎起来，离开地面，这样它就动弹不得。再说，赛弗蒂先生可能不在家。”

“啊呀，”荷马说，“你在说些个什么呀？”

这会儿，警察决定亲自来研究研究这架机器，“也许，”他提议说，“我们最好能把他锯出来。”

“锯钢铁？”科文顿先生问道，“怎么锯？”

“尤利西斯，”荷马说，“你想要些什么吗？你觉得你人怎么样？我能给你拿些什么来吗？”

大克里斯淌着汗，拼命拨弄着捕兽器。他看看这兄弟俩，捕兽器里孩子的镇定以及他哥哥那种怒不可遏的热诚使他深受感动。

“尤利西斯，”荷马说，“我能给你拿些什么来吗？”

“我要爸爸。”尤利西斯说。

“噢，”荷马说，“除了爸爸之外，我还能给你拿些什么来吗？”

“马柯斯。”捕兽器里的孩子说。

“马柯斯在军队里，”荷马说，“你想不想吃个冰淇淋蛋卷啦什么的？”

“不要，”尤利西斯说，“只要马柯斯。”

“唉，马柯斯在军队里呀。”荷马说。他转身看着科文顿。“把我的弟弟从这个东西里弄出来，得快！”他说。

“等一等，”大克里斯说，“抱住你弟弟，小伙子，别让他摔下来！”大克里斯这会儿更加起劲地拨弄着机器。

“你要把这架捕兽器**拆坏**了，”科文顿先生说，“这种式样的捕兽器在世界上只有一架。你可不能把它拆坏了！我去叫赛弗蒂先生吧，你会毁了一项伟大的发明。赛弗蒂先生年纪大了，他可能再也造不出这样一架机器了。孩子的情况蛮好嘛，又没伤着。我去找赛弗蒂先生来。再过一两个钟点，我就回来。”

“再过一两个钟点！”荷马叫起来，他以世界上最轻蔑的眼光看看科文顿先生，看看整个商店，“我要把这家店全砸了！”他说。他转身看着大克里斯，“先生，干吧，”他说，“把这架捕兽器给拆了—— 把它拆了！”

大克里斯用他手指上、胳膊上、肩膀上和背上的每一块肌肉，使劲拽着捕兽器。机器在他的用力之下，终于一点一点地松动了。

尤利西斯扭过身来看着大克里斯。这个人终于把捕兽器给拆散了。

尤利西斯自由了。

荷马抱住他弟弟，不让他脸朝地摔下来。然后把他放在地上站好了。商店前面的人群欢呼起来，可是声音是稀稀拉拉的，因为没人组织，也没人领头。尤利西斯试着伸了伸他的腿。荷马一看大概没事了，就一把搂住了尤利西斯。尤利西斯看了看大克里斯，那个大个子已经筋疲力尽了。

“得有人付这架捕兽器的钱，”科文顿先生说，“它被拆毁了。得有人付钱。”

大克里斯二话不说，从口袋里掏出一些钱来，从里面数出了二十块，朝柜台上一扔。他搂着尤利西斯的脑袋，摸摸孩子的头发，就像一位父亲有时候对儿子那样。然后他转身走出了商店。

荷马对弟弟说："你人都好吗？你怎么会被这个鬼东西夹进去的？"他看看那架被拆散了的捕兽器，随后朝它踢了一脚。

"孩子，你得小心，"警察说，"这是一种新发明，说不准它还会怎样呢。"

科文顿先生走到大街上，对大家说，"商店又开门营业了，"他说，"科文顿商店每天早上八点开门，晚上七点关门。礼拜六例外，开到晚上十点。礼拜天一整天关门。我们经营一切体育用品。鱼钩、猎枪、弹药以及体育用品。现在我们开门营业了，女士们，先生们，请进请进。"

人群慢慢散开了。

荷马走出商店之前，转身问那个警察："把我弟弟弄出来的那个人是谁？"

"我这辈子从来没见过他。"警察说。

"大克里斯。"尤利西斯告诉荷马。

"他就叫这个名字——大克里斯？"荷马说。

"嗯，"尤利西斯说，"大克里斯。"

这时奥吉跑进店来。他看看尤利西斯，"你出来啦，尤利西斯？"他说，"你怎么出来的，尤利西斯？"

“大克里斯。”尤利西斯说。

“荷马，他是怎么出来的？”奥吉问，“是怎么回事？那架捕兽器怎么样了？那个留胡子的大个子上哪儿去了？我不在的时候发生了什么事？”

“万事大吉，奥吉，”荷马说，“你把我跟你说的话都转告斯潘格勒先生了吗？”

“说了，我都跟他说了，”奥吉说，“这儿发生了什么事，荷马？那架捕兽器还能用吗？它还能抓住动物吗？”

“嗨，”荷马说，“那架捕兽器是一堆骗人的废物。你用这架捕兽器逮住了动物，但是没有法子把它弄出来，那么它又有什么用？科文顿先生，”他对店主说，“这么一堆废铜烂铁，你还有脸向大克里斯要价二十块钱。”

“二十块是个规矩的价钱。”科文顿先生说。

“规矩的价钱？”荷马说，“你胡扯些个什么？来吧，奥吉，我们快从这儿出去吧。”三个孩子离开了商店，走到了电报局。斯潘格勒先生倚身在柜台上，望着大街。格罗根先生正在发一份电报。荷马在二百二十码低栏赛跑时跟拜菲尔德先生相撞受了伤，这会儿脚跛得厉害。他停下来，对电报局的经理说：“斯潘格勒先生，这是我弟弟尤利西斯。我们刚刚把他从科文顿商店的一架捕兽器里弄出来。是大克里斯把他弄出来的。他没法子，只好把那架捕兽器拆散了。后来他还为这架捕兽器付了二十块钱。这是奥吉，他告诉你我为什么迟到了吧？”

"太平无事，"斯潘格勒说，"那儿堆了几封电报，你得把它们送掉，不过这不要紧。那么这就是你弟弟——尤利西斯？"尤利西斯正站在报务员身后，看着他发报。奥吉隔着桌子，站在报务员对面，听着发报机发出的声音。

"还进来过几次通话，"斯潘格勒说，"几个附近的我亲自去传了。还有两个在通话单上。你先把通话传了，然后再去送电报。"

"好的，先生，"荷马说，"我马上去。我迟到了，真抱歉，斯潘格勒先生。在我回来之前，尤利西斯在这儿待着，你不在意吧？过一会儿，等把事情办完，我就用我的自行车送他回家。"

"我会照看你弟弟的，"斯潘格勒说，"你就去吧。"

"好的，先生，"荷马说，"谢谢你。尤利西斯不会找麻烦的。他只是看着。他不会**做**什么的。"

荷马匆匆忙忙一拐一拐地离开了电报局。

# 第十四章

## 黛安娜

尤利西斯朝格罗根先生凑得更近了些，奥吉听着电报机滴滴答答的声音。

“那是做什么？”奥吉用手指着电报机问斯潘格勒先生。

“格罗根先生正在发一份电报。”斯潘格勒说。

“他把它发到哪儿去？”奥吉问。

“纽约。”斯潘格勒说。

“一直到纽约？”奥吉说，“怎么发过去呢？”

“是通过电线发过去的。”斯潘格勒说。

“就是那些电线杆上的电线？”奥吉问，“就是从这儿到纽约的那些电线杆吗？从绮色佳一路到纽约？”

“没错。”斯潘格勒说。

“谁要发那些电报的呢？”

“各种各样的人。”斯潘格勒说。

小报童想了想，又说：“我这辈子还从来没有收到过电报呢。怎样才能收到呢？”

“得有人给你发。”斯潘格勒说。

“我从没收到过。”奥吉说，“谁会发给我呢？”

“你的朋友，或者什么其他的人。”斯潘格勒说。

“可我认识的人都在这儿，就在绮色佳。”奥吉说。绿灯在重发器[①]上亮了起来。奥吉问：“绿灯干什么用的？”

“那是个信号，表示线路畅通。”斯潘格勒说。

“什么线路？”

“通往旧金山的线路。”斯潘格勒说。

“噢，”奥吉说，“要几岁才能当投递员？”

“十六岁。”斯潘格勒说。

“我九岁，”奥吉说，“为什么得等那么长时间呢？十七岁就可以报名参加海军了。”

“那是规矩。”斯潘格勒说。

“为什么老是有那么多规矩呢？”奥吉问。

---

① 重发器（repeater），电报传输中自动重发电报的一种设备。

斯潘格勒开始把一批外发的电稿放进一个分类信件架的格子里。

“噢，”他说，“那条规矩是为了不让儿童参加工作。”

“为什么？”

“不让他们累着，”斯潘格勒说，“那样他们就能玩了。那条规矩是保护儿童的。”

“保护他们什么呢？”

“噢，”斯潘格勒说，“我想是保护他们免于繁重的工作。保护孩子们，不让他们替那些付很少的钱让孩子们干太多事的老板干活。”

“那么要是有孩子并不愿意受到保护呢？”奥吉问，“假如他自己愿意干活儿呢？”

“他还是得受到保护。”斯潘格勒说。

“得长多大就可以不算孩子了呢？得长多大才能够自己保护自己，想干什么活儿就干什么呢？”

“当投递员得十六岁才行。”斯潘格勒说。

“荷马干活儿了，是吧？”奥吉说，“他什么时候成了十六岁了？”

“噢，”斯潘格勒说，“荷马是个例外。他只有十四岁，可是他身体结实，人又聪明。”

“聪明——这是什么意思？”奥吉问，“要当投递员必须很聪明吗？”

“倒也不是，”斯潘格勒说，“可是有好处。不管你干什么，聪明都有好处的。”

“那么，”奥吉又问，“你怎么才能知道一个人聪明不聪明呢？”

斯潘格勒看看小报童，微笑了，“你只要跟他说几分钟话，就知道了。”他说。

“你干吗把那些纸放到那里面去？”奥吉问。

“这些是昨天发出的电报，”斯潘格勒说，“我根据它们所发往的城市，把它们分类，作记录，入档保存。你看，这份电报是发往旧金山的，所以我把它存放在这儿。这儿所有的电报都是发往旧金山的。”

“这活儿我也能干，”奥吉说，“我也会骑自行车的——不过我还没有自行车。假如我有一辆自行车的话，斯潘格勒先生，我是不是也能当上投递员？你会给我一份活儿干吗？”

斯潘格勒先生停下手里的活儿，看了看这个小男孩，“会的，我会的，奥吉，”他说，“不过不是现在。九岁还太小，十三岁、十四岁——可以。”

“十二岁行吗？”奥吉问。

“也许可以，”斯潘格勒说，“你为什么想当投递员呢？”

“我想学好多东西，”奥吉说，“看电文，发现各种各样的事，”他停了一停。“三年后我还到不了十二岁呢。”他说。

“三年的工夫一晃就过去了。”斯潘格勒说。

“不大会，”奥吉说，“我已经等了好长时间了。”

“你有一天会发现，”斯潘格勒说，“不知不觉的你就已经十二岁了。你姓什么？”

“戈特利布，”奥吉说，“奥古斯特·戈特利布。”

电报局的经理和小报童相互看看，两个人的神情都非常认真、严肃。“奥古斯特·戈特利布，”斯潘格勒说，“我向你保证，时间一到——”

斯潘格勒先生停下来，看着一位名叫黛安娜·斯蒂德的年轻女人快步跑进了电报局。电报局门前的大街上，停着那辆把她送来的汽车，汽车方向盘前坐着一个身穿制服的司机。她大声朝斯潘格勒打招呼，声音非常特别，有几分做作，不过很有魅力，“哦，宝贝儿，你在这儿哪！”她热情奔放地朝他扑过去，一把把他搂住，亲吻着他，那个样子简直让人难以置信，有些像是真情流露，或是比真情流露还更好些。

“等一会儿！”斯潘格勒说。他一边挡住她，一边把手里拿着的铁丝网篮放到桌上，然后朝她转过身去。这个年轻的女人又朝他扑过去，可是被他挡住了。“等一会儿，”他说，“这位是奥古斯特·戈特利布。”

“你好吗，小男孩？”年轻女人说。

“奥古斯特，”斯潘格勒说，“这位是斯蒂德小姐。”

“哈罗，”奥吉说。他不知道说什么好，就问，“小姐，要报纸吗？”

"噢，当然要的，"黛安娜说，"多少钱一份？"

"五分钱，"奥吉说，"本地版的。有赛马结果，股市收盘的行情，还有大战的最新消息。"

"是吗？"黛安娜说，"给你五分钱，很谢谢你呀。"

奥吉收下五分钱，干净利落地把报纸叠好，然后往膝上一拍，一叠为二，又往膝上一拍，一叠为四。接着他像一个魔术师表演绝招那样，麻利地把叠好的报纸翻了个面，递给斯蒂德小姐。"谢谢你，小姐。我每个星期三卖《周末邮报》和《自由报》；每个星期五卖《柯里尔》，我全城跑。"

"好啊，"黛安娜说，"小男孩，我希望你能挣上好多钱。"

"报纸、杂志两样合在一块儿，我每天平均挣四毛钱，"奥吉说，"全县博览会开场的时候，我还卖汽水。"

"好啊，你还**真是**挺忙的，**是不是**？"黛安娜用她那奇妙而欢快的声音说。

"是呀，"奥吉说，"我也学到不少东西呢。我挺会捉摸人的。"好像斯蒂德小姐就是奥吉刚刚捉摸准了的人，为此他感到挺得意。

"是啊，你真能干，"她说，"我想你一定是这样。"她朝斯潘格勒转过身去，"我在等你的电话，宝贝儿。"她说，"你**说了**五点打电话给我的，是不是？"

"哦，对了，"斯潘格勒说，"我忘了。我那会儿正跟奥吉在这儿说话来着。他想当个投递员，我跟他说，时间一到，他就会有活儿干的。”

“好的，谢谢，斯潘格勒先生，”奥吉说，他动身要走了。“下回见，”他说，“再见，女士，”他又转身去朝另外那个小男孩说，“再见，尤利西斯。”

“尤利西斯！”黛安娜对斯潘格勒说，“唷，这个名字真够新鲜的！尤利西斯！尤利西斯在绮色佳！宝贝儿，我只有一点儿时间了。你会出来吃晚饭的，是吗？你一**定**得去，你知道。”

斯潘格勒想说什么，可是这个年轻的女人不让他开口。“别说了，”她说，“你答应过的！对，你答应过的！母亲和父亲都非常想见见你！准七点！”

“且等一等，”斯潘格勒说，“等一等。”

“宝贝儿，”黛安娜说，“你可不能再让我失望了，是不是？”

“世界上没有任何事会让**你**失望的，”斯潘格勒说，“所以你就放心吧。准七点？准——你是什么意思？你干吗要我出去吃饭呢？”

“因为我爱你呀，宝贝儿，”这个年轻女人非常耐心地说，好像斯潘格勒先生还是个孩子似的。“我爱你，爱你，爱你，你听见了没有？”她说着，快活地大笑起来。

“你别太认真了，”电报局经理说，“你每一次这么说话，我就——”

“可是我**真的**是爱你呀，宝贝儿。”这个年轻女人很认真地说。

斯潘格勒叹了口气，“我这辈子出去吃过两顿饭，”他说，

“两次我都觉得无聊。”

“你会喜欢我父母的，”黛安娜说，“我们不会穿得太正式的——就穿晚上穿的衣服。”

“晚上穿的衣服 —— 那是什么意思？”斯潘格勒说，“不管白天晚上，我穿的一直是这身衣服。”

“七点钟，”黛安娜说。她注意到了斯潘格勒桌上那只白煮蛋，“哦，宝贝儿，”她说，“把这个用来作镇纸，真聪明！这是什么？”

“是一只鸡蛋，”斯潘格勒说，“一只真正的鸡蛋。我留着它讨个吉利。”

“多可爱啊！”黛安娜说，“好啦，宝贝儿，我得赶快走了。”她走到他跟前，想和他吻别，可是他轻轻地挡住了她，于是她离开了电报局。

格罗根先生打完了一份电报。斯潘格勒把尤利西斯领到老头儿跟前。“威利，”他说，“我要到科贝特酒吧去喝一杯。这是尤利西斯·麦考利，荷马的小弟弟。他刚有过一番经历，被一个什么机器夹住了。尤利西斯，这位是威利·格罗根先生。”

“噢，我们是老朋友了，”格罗根先生说，“他一直在看着我做事。”尤利西斯点点头。

“就一会儿，我马上就回来。”斯潘格勒说。

# 第十五章

## 拐角上的姑娘

斯潘格勒刚转过身去要走，通话机响了起来，传过来的信息自动打印到收报机的纸条上。他停下了，走到收发台的机器旁边，仔细看了看纸条上的符号。“绮色佳酒厂的来电，”他对格罗根先生说，“乡下小镇上的。荷马要是回来了，叫他等到日照葡萄干厂每晚的例报来过了再走。他送了两次，就赢了西联局两次。要是他今天又能得手的话，那我们这个月的生意就会相当不错了。我们昨天收到几封？”

“六十七封。”格罗根说。

“那是六十八封中的六十七封，”斯潘格勒说，“最先跑到那儿的男孩子除了一封之外，能拿到所有的电报。第二个孩子就只拿到一封。好啦，我现在要上科贝特酒吧去了。”

可是这时候又有来电进来：**点－点－划－点－点－点**。电报局经理一听见前面两个点，就知道是日照葡萄干厂的来电。因为荷马不在，没法子去送电报，斯潘格勒就对格罗根先生大声说：“**我亲自**去送，我会先到那儿的。”

来电重复发出第三遍的时候，斯潘格勒已经到了下一个街区的中段，像橄榄球比赛里插入空当的快攻手那样从人群中穿过。在他前面的马路拐角处，三十码以外，站着一个腼腆、看上去很孤单的姑娘，大约十八九岁的样子——疲惫，妩媚，沉默不语，妙不可言。她是下班以后正在等公车回家。尽管斯潘格勒正在跑，但是他不可能不注意到这个姑娘那副寂寞的模样——虽然他有急事在身，他还是觉得这种寂寞正和世间一**切**事物的寂寞相同。他敏捷而轻松地来到这个姑娘面前，停了一刹那，正正经经、不假思索在她的脸上吻了一下。他走开之前，对姑娘说：“你是世界上最可爱的女人！”这是他能够对这个姑娘所说的唯一一句话。

他继续往前跑。当他三步并作两步迈上日照葡萄干联营公司的台阶时，西联局的投递员刚来到大楼前，正从自行车上下来。他已经晚来了一步，因为他那儿管收发的办事员不像斯潘格勒对于来电那么了如指掌。斯潘格勒走进办公室的时候，西联局的投递员刚在等电梯。

斯潘格勒好像自己就是当年的投递员那样，对日照葡萄干厂一位正在办公的老太太通报说："邮政电报！"

"汤姆！"老太太又惊又喜。"难道你还在当**投递员**？"

"一朝是投递员，永远是投递员，"斯潘格勒对自己这句毫无意义的话一点也不觉得尴尬。他朝老太太微笑了一下，又说，"我最要紧的事就是来看看**你**，布罗金顿太太。"

西联局的投递员走进了办公室，"西联局的，"他说。

"我说，哈利，"布罗金顿太太说，"你又输了。"她递给那个投递员一封电报，"祝你下一回好运。"

西联局的小伙子神情尴尬，有点狼狈，因为他又输了。这一次不是输给另一个投递员，而是输给了邮政电报局的经理。他接过那一封电报，说："布罗金顿太太，还是要谢谢您。"随后他就走出了办公室。

老太太把一整沓电报单交给斯潘格勒。"给你，汤姆，"她说，"一百二十九封夜班信——全国各地的都有——邮资已付。"

"一百二十九封？"斯潘格勒说，"这下子我这个月的生意就火了。"他隔着栏杆，俯过身去，吻了吻老太太。

"得了，汤姆！"布罗金顿太太说。

"不行，"斯潘格勒说，"你应该对我好一点。自从我头一回来这儿见到你，我就一直想吻你——你还记得吧？已经二十年了——你一年比一年漂亮。"

"得了，汤姆，"老太太说，"你别来逗一个老太婆了。"

“老？”斯潘格勒说，“**你**才不老呢！”

“你就是让人开心，汤姆，”布罗金顿太太说，“还有你手下的那些投递员也是如此——不过那个新手呢？”

“荷马？”斯潘格勒说，“你是说荷马·麦考利？你天天都会看到他的——而且总是**第一个**。今天下午我们拉下一步，因为荷马的弟弟尤利西斯出了个事故。他被科文顿商店的一架什么捕兽器夹住了。荷马只好跑去把他弄出来。不过从现在起，你就会看到他来的。”他停住了，对老太太笑了笑，随后说，“晚安，艾米莉。”

“你真有心，居然还记得我的名字。”老太太说。

来到大街上，他感觉很好——事事顺心——荷马已经把他弟弟从捕兽器里弄了出来；格罗根先生早就该领养老金了，可是他还能干活儿；尤利西斯在电报局里东站站，西站站，对一切都那么着迷；奥吉一心想快快长大，成为一个投递员；甚至还有黛安娜·斯蒂德。但是想起来最让他觉得快乐的，还是刚才在拐角上等公车的姑娘。他又来到那姑娘刚才站着的地方，停下了脚步。他自言自语说：“刚才她就是站在这儿的。很有可能，我再也见不到她了。不过即使见着，她肯定不会是我今天下午见到她时的那个模样了。”他一边吹着口哨，一边沿着大街走去。当他走到科贝特酒吧对面的马路上时，听见自动钢琴上正奏着一首古老的圆舞曲，曲名是《我要的只有你》。他走到那个地方的转门边，听了听，就走了进去。科贝特本人正站在那里，一看见斯潘格勒进来，他立刻忙活起来了，替斯潘格勒拿来了他专门喝的饮料。

“哈罗，拉尔夫，”斯潘格勒说，“生意还好吗？”他朝正在听自动钢琴弹奏的三个军人瞥了一眼。

“不好不坏，”科贝特说，“那些大兵有的是时间要消磨，可是钱不多。他们买一杯，我送三杯。他们把钱花光了要走，我又把钱还给他们。为什么不这么做呢？”

“你这么做不亏本吗？”

“是不行呀，”科贝特说，“不过又有什么区别呢？战争过去以后，我也许能挣一些回来。我不能当服务生。我是小科贝特嘛。”他停了一下，想起了一件让他烦心的事。

“昨天晚上，汤姆，”他说，“我正照看着柜台上的生意，一个自作聪明的小子对我嚷嚷：‘喂，你这个神经，再给我来一杯。’他不是当兵的，是绮色佳本地人。唔，我四下里看了看——柜台后没别人——只有**我**在那儿。‘神经？你在跟我说话？’我跟他说。‘我当然不是跟自己说话，神经。’那家伙说。嗨，我该怎么办？我又不能揍他，因为我当过拳击手嘛。我走过去，一把抓住他——就像现在这样。”科贝特一手抓住斯潘格勒的上衣领子，另一只手举得高高的，张开手掌，怒气冲冲地在半空中停了一会儿。随后他把昨晚他对那个醉鬼说的话又说了一遍：“你是在跟小科贝特说话。如果我**掴**你一下，你很可能就会栽下去一命呜呼。不过我不想让随便哪一个死在我这个地方。现在你滚吧，再也别来了。你活着一天，就记住别上这个铺子来。你滚出去，为你还没送命高兴去吧。”

科贝特松开了斯潘格勒的衣领。他气得浑身哆嗦。“后来我手抖了整整一夜，”他说，“不过昨晚那种事也不是头一回了。这种事几乎天天晚上都有。每回发生这种事，我都跟自己说：‘够了，我该把这地方关了。该走啦。’我可真害怕了。有几天晚上，我真怕自己的脑袋一发昏，就把人给杀了。开酒吧可不是件容易的事。我心肠太软，开不了酒吧。”

电报局的经理和这位前拳击手又聊了五分钟，随后斯潘格勒就回电报局去了。他离开的时候，那几个军人把自动钢琴调得更响了。这会儿的曲子是《白色的花朵》。军人们看着歌词，想跟着钢琴的音乐一起唱。斯潘格勒听了一会儿。他们唱得不怎么好，不过他们唱歌的时候所表达的情感却一点儿也不赖。

# 第十六章

## 我带你回家

加利福尼亚绮色佳邮政电报局的经理托马斯·斯潘格勒走进他的办公室。他看见收发台前站着麦考利兄弟俩——投递员正把电报单折好，套进封套里，弟弟安安静静地看着他，一脸的佩服。投递员转过身去对着他的上司。

“斯潘格勒先生，**你**拿下日照葡萄干了吗？”

“拿下了，”斯潘格勒说，“一百二十九封电报。”他把电报单给投递员看。

“一百二十九封？”荷马说，“你怎么抢先一步的？”

“我是跑着去的。”斯潘格勒说。

“你一路**跑**到日照葡萄干，赢了西联局？”

“当然，”斯潘格勒说，“也没什么。我在路上甚至还停过一下——向美丽和纯洁天真表示我的敬意。”荷马没听明白，可是斯潘格勒继续往下说，“不，不，我不解释了，”斯潘格勒说，“带尤利西斯回家吧。”

“好的，先生，”荷马说，“古根海姆[①]有份来电，在我家那头。我先骑车把尤利西斯送回去，然后就去古根海姆。从那儿我再去绮色佳酒厂，还有弗利[②]那儿，然后我马上就回来。我一眨眼的工夫就会回来的。”投递员出了办公室，小心翼翼地把弟弟放到自行车的龙头上，斯潘格勒一直看着他们。哥哥跨上了车，沿着大街骑了下去。他们出了城，尤利西斯扭过身来看了看哥哥。这天他脸上第一次露出了麦考利一家人所特有的那种微笑。

“荷马？”他说。

“你想干吗？”荷马说。

“我会唱歌。”尤利西斯说。

“那好啊。”荷马说。

尤利西斯唱了起来。“我们且来歌唱，”他唱开了。他停了停，又唱起来，“我们且来歌唱，”可是他又停下了，然后又马

---

① 古根海姆（Guggenheim's），可能指实业家古根海姆（Solomon Robert Guggenheim, 1861–1949）所设立的基金会的下属机构。
② 弗利（Foley's），1900年在美国创办的一家连锁百货商店。

上开始唱，“我们且来歌唱。”

“尤利西斯，这可不是一首歌，”荷马说，“这只是一首歌的小小一个部分。你还是听我唱吧，然后跟我一起唱。”哥哥唱了起来，弟弟听着。

“别再哭了，姑娘，
今天莫再悲伤。
我们且来歌唱，
亲爱的肯塔基家乡。
为了肯塔基老家，
在那遥远的地方。”

“荷马，再唱一遍。”尤利西斯说。

“好吧，”荷马说着，又唱起来，不过这一次，弟弟和哥哥一起唱了起来。他们唱歌的时候，尤利西斯又看见了那列货车，看见了那个俯身在敞篷车车厢边上的黑人，微笑着向他挥手。对尤利西斯·麦考利来说，这是他在世上出生以来的四年当中所发生过的最奇妙的事。他朝一个黑人挥手，那个黑人也向**他**挥手——不止一次，而是好多次。他一生都会记着这件事的。

荷马在麦考利家的屋子前面下了车，小心地把弟弟抱下来让他站好。他们一起在门外站了会儿，听着母亲和姐姐的竖琴和钢琴的声音，还有他们的邻居玛丽·阿利纳的歌声。

“好了，尤利西斯，”荷马说，“你现在到家了。进去吧。妈妈在里面，还有贝思和玛丽。我还得干活儿去。”

“干活儿去？”尤利西斯问。

“是啊，”荷马说，“不过我今天晚上会回来的。进去吧，尤利西斯。”弟弟踏上了门前的台阶。等他到了门口，哥哥又骑上车，沿着大街走了。

# 第十七章

## 三个军人

斯蒂德一家和他们的客人，其中也包括托马斯·斯潘格勒，坐下来吃饭的时候，绮色佳正在下大雨。贝思·麦考利和玛丽·阿利纳身穿雨衣，脚着高筒橡皮套鞋，手里拿着荷马的饭盒，向电报局走去。她们经过猫头鹰药房的时候，一个小伙子站在门道里，朝她俩色眯眯地抛媚眼。

“哎呀，美人儿，”他冲着贝思说，“带着什么玩意儿呀？”

贝思没去理睬那个家伙，跟玛丽靠得更近些，沿着大街走去。不一会儿，迎面又走来三个年轻的军人。他们这天晚上放假，心情愉快，面对着这个既壮丽又可笑的世界，看着人间一直在上演的喜剧，还遇上这一场令人心旷神怡的大雨，一时兴之所至，便在大街上戏耍起来。他们互相推推搡搡，你追我、我追你的，情不自禁地哈哈大笑着，嚷嚷着他们给互相取的绰号 —— 什么胖子啦，得克萨斯啦，还有马儿。三个小伙子看见玛丽和贝思过来，恭恭敬敬地停下了脚步。他们一个接一个对她俩深深鞠躬。两位姑娘被他们逗乐了，可是不知如何是好 —— 她们究竟应该采取什么态度。

“他们只是几个当兵的，贝思，”玛丽小声说，“离乡背井的。”

“我们停一下吧。”贝思说。

两个姑娘停住了脚步。

那个绰号叫胖子的往前走了一步，充当了他们这一伙人的正式代表——受军人委派跟美国姑娘打交道的大使。

“女士们，”他说，“我们是伟大的民主军队的军人，你们的卑微的仆人——今天在这儿，但愿明天也在这儿——向你们美丽的面庞表示谢意，不管是天晴，还是像现在这样下着雨。请允许我介绍一下我的战友，也是你们忠实的崇拜者。这位是得克萨斯——他是新泽西州人。这位是马儿——他是得克萨斯州人。我嘛，叫胖子，来自饥饿之乡。现在能有美丽的美国姑娘做伴，是我最渴望不过的事了。能赏光吗？”

“噢，”贝思说，“我们本来正要去电影院。”

“去电影院！”胖子戏剧化地说，“我们，作为军人—— 不论今天留，明天走——能不能陪你们——美国姑娘——去电影院呢？今晚是今晚，明天是明天，可是明天我们就得回营房去，回到那可怕而又必要的战争事业中去，回去从事摧毁人类的罪恶细胞的神圣工作，因为正是这种细胞企图扼杀人类的自由精神。今晚，我们就是你们的兄弟——远离故乡，冷冷清清。是啊，我们虽然快乐、骄傲，可是我们**确实**冷清，因为绮色佳毕竟不是我们的故乡。我是在可爱的伊利诺伊州，在野蛮的芝加哥城的小街上套上这身美国军装的。今晚，请把我的记忆带回那座城市、带回那个州吧。也请你们把我的弟兄们带回他们各自的故乡吧。请你们以慷慨的心，考虑一下我们这个卑微的请求，因为我们来自一个人类的大家庭。要不是战争，我们也许根本不会相逢。这样的时刻属于更平和的世纪。”那个叫作胖子的军人鞠了一躬,然后站得笔挺的。“你们意下如何？”他问。

“他疯了吗？”玛丽小声说。

“没疯，”贝思说，“他只是太孤独了。我们跟他们一起去看电影吧。”

“好吧，贝思，”玛丽说，“不过，你去**告诉**他。我不知道怎么开口。”贝思朝那个军人转过脸去。“好吧。”她说。

“女士们，谢谢你们，”叫作胖子的那个军人说，“谢谢你们。”他把胳膊伸给贝思，“那么我们这就去？”

“我得先给我弟弟去送饭，”贝思说，“他在电报局做事。用不了多少时间。”

“电报局？”叫作胖子的军人说，“那么我也去发封电报。”他朝另外两个人转过身去。“你怎么样，得克萨斯？”

“发一封电报到新泽西州得花多少钱？”得克萨斯问。

“花多少都值得，”胖子说。他又朝另一位军人转过脸去。“马儿，你呢？”

“好啊，”叫作马儿的军人说，“我想发一封给我妈、乔还有吉蒂——她是我女朋友。”他对贝思说。

“世界上每个姑娘都是**我的**女朋友，”胖子说，“可是我不能给每一位都发电报去，那么我就只好发给一位啰。我把成百上千万的电报都发在一封电报里吧。”

两位姑娘和三个军人走进电报局的时候，里面只有老报务员威利·格罗根一个人。老头儿站在柜台后面。

“我是荷马的姐姐贝思，”贝思说，“我给他送午饭来了。”她把饭盒放在柜台上。

“你好啊，麦考利小姐，”格罗根说，“荷马很快就会回来的，我一定让他吃上午饭。”

“这几个男孩子想来发电报。”贝思说。

“好啊，小伙子，”格罗根说，“这是空白电报单，还有铅笔。”

“发一封电报到泽西城得多少钱？”得克萨斯问。

“五毛钱二十五个字，”格罗根说，“外加一点儿税。不过地址、签名不算钱。电报明天早上就能送到。”

“只要五毛钱？”得克萨斯说，“一点儿也不贵。”他动笔写起电文来。

“发到圣安东尼奥得花多少钱？”马儿问。

“是发到泽西城的一半价钱，”格罗根说，“圣安东尼奥离绮色佳比泽西城近。”

叫作胖子的军人一直忙着在写电文，这会儿他把写好的电文交给老头儿。格罗根一边念着电文，一边数着字数。

伊利诺伊州芝加哥
芝加哥大学转交
爱玛·丹纳
宝贝爱你想你常在念中常来信谢运动衫正学真正政治经济学即将参加实战周日勿忘去教堂为我们祷告我快乐爱你

诺曼

接下来叫作得克萨斯的军人把**他的**电文递给格罗根。

新泽西州泽西城
威尔明顿大街 1702½号
伊迪丝·安东尼太太
母安否平安来信及无花果干已收谢一切毋需担心再见爱你

伯纳德

随后，叫做马儿的军人把**他的**电文递给老报务员。

得克萨斯州圣安东尼奥

桑迪福德大道221号
哈维·吉尔福德太太母鉴
自阳光加州绮色佳发此电报问好不过正下雨哈哈
问候各位告诉乔他可用余之猎枪及子弹勿忘来信
昆丁

军人和姑娘们一起离开了电报局。格罗根先生走到他的办公桌前去发电报。

三个军人和两位美国姑娘进了影剧院，走上了当中的过道，这时银幕上是公元一九四二年，英国首相温斯顿·丘吉尔先生正在对加拿大国会发表演说。这些年轻人入座以后，丘吉尔先生已经一件接着一件说了三件事，让加拿大国会议员和绮色佳影剧院的观众越听越高兴。那个叫作胖子的军人向贝思俯过身去。

"那儿，"他说，"是我们当代的伟人之一——也是一位伟大的美国人。"

"我想丘吉尔是英国人。"叫马儿的军人说。

"当然，"胖子说，"不过他也是美国人。从现在开始，世界上每一个好人都将成为一个美国人。"他又向坐在另一边的玛丽·阿利纳挨近了点儿。"让我们跟你们一起来看电影，真谢谢你们了，"他说，"有姑娘在身边感觉好多了。比起光是些当兵的味儿可强多了。"

"反正我们自己本来就要来看电影的。"玛丽说。

这时，美国总统，那个名叫富兰克林·德兰诺·罗斯福的人出现在新闻镜头里。他正在海德公园的家里向全国作广播演说。他说话的口气像往常一样，既庄严又幽默。五个年轻人仔细听着，演说结束时全体观众都鼓起掌来。

“那才是最伟大的美国人呢。”叫作马儿的军人说。这时银幕上出现了美国国旗，观众中有很多人鼓起掌来。

“那个嘛，”叫作得克萨斯的军人说，“才是世界上最伟大的国旗。”

“我不知道 —— ”叫做胖子的军人对贝思说，“一个人要到国家遭难，才真正开始爱国。其他的时候，他并不懂得珍惜—— 就像他对自己家里一样。”

“我每看到国旗，就觉得嗓子眼里像堵住了什么似的，”贝思说，“以前它老是让我想起华盛顿和林肯，可是现在它使我想起我哥哥马柯斯。他也是军人。”

“哦？你也有个哥哥在军队里？”胖子说。

“是啊，”贝思说，“他上次来信的时候，正在北卡罗来纳州的什么地方。”

“是啊，”胖子说，“我想国旗让每个人都想起他最亲近、最宝贵的人和事。它让我想起了芝加哥 —— 那就意味着那儿的一切 —— 一切美好的和一切丑恶的东西。我的家—— 我的女朋友 —— 他们是美好的。还有贫民区和政治 —— 它们是丑恶的 —— 但是我爱这一切。我们总有一天会消灭贫民区的，还有政治。”

“我想绮色佳大概没有贫民区，”贝思说，“只有穷人。我想我们可能有个什么市政府，不过我认为我们这儿谈不上有多少政治。无论怎么说，我们家对这一类事不去操什么心。我们喜欢音乐。我可以肯定，我哥哥马柯斯现在正在什么地方拉手风琴呢。”

此刻，她的兄弟马柯斯正在北卡罗来纳州一个小镇上一家名叫俯冲轰炸机的咖啡馆[①]的吧台边上。跟他在一起的有他的朋友托贝·乔治和另外三个军人。马柯斯正在拉琴演奏一首题为《一场梦》的曲子，托贝正在唱歌。两个军人和两个姑娘在跳舞。这两个姑娘有点儿像玛丽和贝思。这首歌唱完了以后，托贝在他的朋友马柯斯身边坐下来，要他再给他多讲讲绮色佳和那儿的麦考利一家。

马柯斯·麦考利开始跟托贝·乔治说起绮色佳的这一刻，托马斯·斯潘格勒和黛安娜·斯蒂德也来到了影剧院，从过道上走了进来。那时银幕上开始放映正片了。他们就座之后，银幕上全是文字，没有画面。这些文字列举了片名以及那些帮助摄制影片的人的名字。大量的文字，列举了数目极为众多的人名，以及他们在电影中所担任的数目极为庞大的各种职务。为这份影片职务名单伴奏的，是一段气派堂皇得很不协调的音乐主题，还是专门为这种场合作曲的呢。

---

① 美国的“咖啡馆”(cafe)，一般也供应便餐、小吃和包括酒类在内的各种饮料，并不仅售咖啡。

斯潘格勒和黛安娜坐得靠银幕很近，在第三排，比贝思、玛丽和三个军人前十排。他们两个的座位在那一排的正当中，其他的位子上都坐着些小男孩。眼下银幕上出现了一家医院的大厅，里面铺着油布的地板崭新锃亮。大厅一头的扩音器里，传来一个情绪恶劣的护士的沙哑的声音，说话的口气过分地郑重其事。

“卡文纳大夫，”她大声说，“外科手术！卡文纳大夫！外科手术！”

托马斯·斯潘格勒一听到这些话，立刻站起身来。他先前刚喝了几杯酒，本来觉得这是个相当重要而且很愉快的夜晚，本来全是烦心的事，可是好像都自行迎刃而解了，所以他觉得完全没有必要继续下去，好像他自己比那排座位里其他的人大不了多少似的。

“哦！”他说,“这片子不对头！”他握住黛安娜的手说,“走吧！”

“可是，宝贝儿，片子还没放完呢！”那个年轻女人小声说。

斯潘格勒拖着她就走。“对**我**说来它已经结束了，”他说，“走吧。”他们这会儿正走过一个聚精会神看着银幕的小男孩身前。

“**你会**上天堂的，”斯潘格勒对那个孩子说，随后又对黛安娜说，“走吧，走吧，别挡着那个孩子。”

“可是，宝贝儿，”黛安娜说，“电影刚刚开始呀。”

这时那个男孩对斯潘格勒说：“先生，你刚才说什么？”他问。

“天堂！天堂！”斯潘格勒说，“我说你会上那儿去的。”

男孩拿不准自己是不是明白了斯潘格勒的意思。“你知道现在是什么时间吗？”他问。

“不，我不知道，”斯潘格勒说，“不过，现在还早着呢。”

“好的，先生。”男孩说。

斯潘格勒和黛安娜一会儿就走到了影剧院的过道上。

“我们在路上停一下，”斯潘格勒说，“去喝杯咖啡，听听自动钢琴，然后你就回家。”他转过身去面对着银幕，一边往后倒退着走。

“你再看一眼卡文纳大夫，好吗？”他说，“他就要用上那把钳子了。很可能会搞糊涂了，拔出他的一颗门牙来。你看看他！”

他们来到剧院的前厅里。对于电影刚开场他们就离开这件事，那位年轻女人倒并不怎么在乎。“你是真心爱我的，是不是？”她对斯潘格勒说，“是的，你是爱我的。你自己明白。”

“爱不爱你？”斯潘格勒几乎在大声嚷嚷，“我刚带你看电影来了不是？”

他们走出来到了大街上，开始快步离开。他们尽量挨着房子走，这样不会淋着雨。

# 第十八章

## 格罗根先生谈论战争

正当斯潘格勒和黛安娜冒雨奔向科贝特酒吧的时候，浑身上下都湿淋淋的荷马·麦考利在电报局门前停下自行车，走了进去。他看了看收发台上的情况。没有长途电话要传，可是有一封电报要送出去。

格罗根先生打完了一份电文，站起身来。“孩子，你姐姐贝思给你把午饭送来了。”他说。

“她来过了？”荷马说，“咳，她不用给我送午饭来。我本想去替我们买两只馅饼来的。”他拿起了饭盒儿，又说，“这儿够多的。格罗根先生，你跟我一起吃点午饭好吗？”

“谢谢你，孩子，”老头儿说，“我不想吃。”

“你要是吃一点，”荷马说，“胃口也许就会好些的，格罗根先生。”

“不吃了，”老头儿说，“非常感谢。可是你浑身都湿透了。你瞧，我们这里有雨衣的。”

“是啊，”荷马说，“可是我刚碰上一场大雨，**没法躲**。”他咬了一口三明治。“我把这块三明治吃了，”他说，“随后我就去送电报。”他嚼了一会儿，又朝老报务员看看。“这是封什么样的电报？”他问。

格罗根先生没有回答，因此荷马知道，这又是一封报丧的电报。他不嚼了，把嘴里的食物干巴巴咽了下去。“我真不想送这样的电报。”投递员对报务员说。

“我知道，”格罗根先生慢吞吞地说。他有半分钟没再吭声，而投递员手里捏着没吃完的三明治，没有再咬第二口。“你吃吧，孩子，”格罗根先生说，“你吃你的午饭吧。跟你姐姐一起来的还有另外一位姑娘——一位挺漂亮的姑娘。”

“噢，那是玛丽，”荷马说，“她是我们家的邻居，也是马柯斯的女朋友。那是我哥哥——参军去了。战争结束以后他们就结婚。”

“跟你姐姐和玛丽在一起的，还有三个军人，他们都发了电报。”老报务员说。

“是吗？”荷马说，“他们的电文呢？”

格罗根先生指了指挂着已发电报的电文的挂钩。荷马把电文从挂钩上拿下来，一份一份看了一遍。看完以后，他抬头看着老报务员。

“格罗根先生，假如有人就那么死了，”投递员说，“这个人你可能认识，也可能不认识，可能从来也没见过 —— 那么情形就好些吗？这儿只是绮色佳，只是美国的一个小城镇。这些电报发往四面八方，发给富人，穷人，各种各样的人。这些人会怎样？他们不会是白白死了的，是不是？”

老报务员过了一会儿才开口。他走到他的桌子抽屉那儿，拿出酒瓶来，好像他要说的话实在太多，一口气说不完似的。他咕嘟咕嘟喝了一大口，坐了下来，看着投递员。

“我来到世上已经有些年头了，”他说，“也许太长了些。我告诉你，无论是战争时期，还是和平时期，每件事的发生都有它的作用，更别说是死亡这样的事了。”老头停下来又痛饮了一口。“人类是一个整体，”他说，“就跟你是一个整体一样。那么就像你有好的一面又有淘气的一面一样，**所有的人**都有好的、淘气的两个方面。一切人的本性中都混杂着这两个方面，世界各国的千百万人都是如此。对了，当然也包括**我们的**国家啰。人的良心跟他自己本性中的对立面斗争着，这些对立面也同样在有生命的整体里斗争着——在全世界都是如此。战争就是这样爆发的。这是身体在驱除它自身的疾病。不过你不用担心，因为美好的事物是永存的，而丑恶的东西一露头就会被赶走。生病的身体和生病的精神都会康复。它们也许还会生病，可是它们每次发病以后，总是会变得更强，每次新的疾病发作了又被赶跑了之后，身体和精神都会得到增强，直到后来它们就像与生俱来的那样，变得坚强有力，一切腐烂的东西全被清除，变得精炼，更加柔和，更加崇高，永远不再腐烂。世上每一个人，不论好坏，都在努力，”老头儿有点累了，“小偷和杀人犯也在努力，”他叹了口气，“没有人是**白白**死去的。他们是为了寻求美，寻求永恒，寻求真理和正义去死的——有一天，人类的整体——我们大家所有的人，我们当中的每一个人——都会回到家里，会得到美，会成为不朽的。而这个稀奇古怪的丑恶的世界将会变成人类一个文明而又美好的地方。”

说到这儿，老头深深叹了口气，他还从没这么叹过长气。过了一会儿他从背心口袋里拿出一张小纸条来，把它递给了投递员。“你再替我办件事，”他说，“去一趟药房好吗？”

“好的，先生。”荷马说着，急匆匆地走出了电报局。

威廉·格罗根先生独自一个人站在电报局里，四下里看看，目光里带着对一切事物的一种奇特的柔情，其中还掺杂着一种强烈的爱。他几乎是十分缓慢地按住了自己的心口，好像他是不慌不忙地在等待那种他已习以为常然而又是突如其来的发作。他慢慢地把身子挪回椅子边，非常僵直地坐着，等着那阵发作的强烈的劲头儿自己消耗完。

投递员从药房回来，把一只小盒子递给了报务员。

“水。”老头儿说。

荷马斟了满满一纸杯水，端到老头儿跟前。老头儿从小盒子里倒出三粒药片，扔进嘴里，再从荷马手里接过杯子，把药片吞服下去。

“谢谢你，”他说，“谢谢，我的孩子。”

“没事，先生。”荷马说。

他朝老头儿看了看，看他是否没事了，然后走到收发台边，拿起那封报丧的电报。他手里拿着电报站了一会儿，看看它，随后拆开信封，从里面取出电文，看了一遍。然后他把电文套进一只新的信封，封了口，转身走出了办公室，外面正在下雨。老报务员从椅子里站起身来，跟着孩子来到大街上。他站在人行道上，看着孩子顶风冒雨走了出去。办公室里，发报机又滴滴答答响了起来，可是老头儿没听见。接着电话铃也响了起来，可是老头还是没听见。一直到电话铃声响到第七遍，他才转过身来回到办公室去。

# 第十九章

## 给亲爱的母亲

十五分钟之后，荷马·麦考利在一座古老而漂亮的大房子前面停下了自行车，里面正在举行聚会。投递员从窗口朝里一望，看见四对青年男女正在翩翩起舞，他能肯定，里面每个人都是高高兴兴的，这让这个男孩子又难受又害怕。他走到门口，站了一会儿，听着音乐声。他伸出一只手指想去按门铃，可是他又把手放了下来。

“我回电报局去吧，”他大声对自己说，“我不干了。我不想干这一行了。”

他在门口的台阶上坐了下来。过了好长一会儿，他站起身来到门口，用手指按了门铃。门开了，他看见了一位姑娘。他不知所措地转身就朝自行车跑了过去。那个姑娘走出门廊，大声问："怎么啦，什么事呀，孩子？"

荷马下了自行车，慢吞吞地朝门廊走去。"真抱歉，"他对那个姑娘说，"我有一封电报要送给克劳迪娅·博弗莱太太。"

"今天是母亲的生日，"姑娘高兴地说。她转身走进门口的过道里。"妈妈，"她高声喊，"你有一封电报。"

姑娘的母亲来到了门口。"肯定是艾伦来的电报。"她说，"进来，小伙子，"他对荷马说，"你得吃一块我的生日蛋糕。"

"不吃了，谢谢你，太太，"荷马说，"我还得回去上班。"他把电报拿出来交给这个女人。女人随手接过电报，好像这只不过是一封生日贺电似的。

"瞎说，"她兴致勃勃地说，"你得先吃一块蛋糕，喝一杯热甜酒[①]才能走。"她拽住荷马的胳膊，把他拖进屋子，来到一只放满了蛋糕、三明治和热甜酒的桌子旁边。音乐和跳舞继续在进行。"今天是我的生日，孩子，"女人说，"主啊，"她大笑起来。"我**真是**老了。嗨，你得祝贺我生日快乐啊，孩子。"她递给荷马一杯热甜酒。

"我祝你——"荷马开了口，停住了，接着又开口说，"我祝你——"可是他再也说不下去了。他把热甜酒放到桌子上，

① 热甜酒（punch），是一种用酒跟糖、柠檬、香料和热水混合调成的饮料。

一下子冲到了门口。母亲朝房间四下里看了看，然后走到没人注意的一边去了。女儿注视着母亲，走到房间的对面去了。荷马骑上他的自行车，冒着雨急忙赶回电报局去。在客厅的墙上，正对着那位母亲，有一张放在镜框里的照片，上面是一个相貌堂堂的红发男孩。照片上还写着这么几个字：“给亲爱的母亲，艾伦于十二岁生日。”母亲打开电报，看了一遍，不出声地抽泣起来。这时唱机上仍然在放着一首歌曲，名叫《给我的黑皮肤美人的歌》，兴高采烈的人们还在跳舞。女儿从房间对面望着走道里的母亲。她几乎像是失去了理智似的，冲到唱机边上，把它关了。

“妈！”那姑娘大叫了一声，朝过道里的女人跑了过去。

# 第二十章

## 那是你倒霉，跟我不相干

这时，影剧院最后一场电影散了场，观众都出来了。到了大街上，贝思转身对叫作胖子的军人说："好了，现在我们得回家了。"

"谢谢你们，女士们。"叫作胖子的军人说。这会儿，他们本该相互道别了，可是不知怎么的，他们还是一起站在大街上，等待着，好像有什么妙不可言的事情随时随地都会发生似的。叫作胖子的军人看看玛丽，又看看贝思，然后轻松自在、天真无邪地亲吻了贝思，随后又亲吻了玛丽。

叫作马儿的军人这时大叫说："那么我们怎么办呢？我

跟得克萨斯怎么办呢？我们也是个人不是！我们也是军人不是！”于是这个军人也亲吻了贝思和玛丽。随后得克萨斯也亲吻了她们。大街上有一位妇人怒气冲冲、很反感地看着他们。两个姑娘赶快转过身去，急匆匆地离开了。叫作马儿的军人蹦了起来，然后去推了叫作得克萨斯的军人一把，而他又转过身去推了叫作胖子的军人。他们走到一条横街上，边走边相互嚷嚷：

“唷嗬嗬，你这个得克萨斯！呵呵，你这个胖子！”马儿大叫。

“你真会说话，孩子！”得克萨斯冲着胖子嚷嚷。“你真会说话！芝加哥大学来的老参议员——胖子！”

叫作胖子的军人乐得格格大笑起来。他们就这样推推搡搡、又笑又嚷地沿着黑咕隆咚的小街走去。

“嘿，伙计！”叫作胖子的军人大叫说，“我要是进了国会呀，可要讲一两件事情给他们听听呢。”

“汪汪汪——嗨嗨嗨，”马儿嚷嚷说，“**滚开吧，小狗儿——那是你倒霉，跟我不相干**。”

接着这三个士兵玩起那速度飞快、疯疯癫癫的跳蛙游戏。你跳过我，我跳过你，沿着那条黑暗的、永恒不变的街道，一步步挨近了战争。

# 第二十一章

## 更好的世界，更好的人

怏怏不乐的投递员从博弗莱家回到电报局的时候，雨已经停了，明月朗照，一丛空寂、稀薄的云，透着白色，被风吹送着掠过了天空。投递员一拐一拐地走进电报局，觉得很累。

“孩子，你的腿怎么啦？”老报务员说，“你已经跛了一整天了。”

“没什么，”荷马说，“还有电报吗？”

“都送完了，”格罗根先生说，“你很快就可以回家睡觉去了。不过你先告诉我，你的腿怎么啦？”

“我大概是扭伤了韧带，再不就是扭断了，诸如此类的，”

荷马说。他试着伸了伸腿。“我当时正在跑二百二十码低栏，”他说，“绮色佳高中的教练大概从来就不喜欢我。我领先的时候，他走上跑道来，想要拦住我——大概也得怪我自己不好。我看见他过来，我要是愿意的话本可以停下来的，可是我**就是不**愿意。他没有任何权利来拦住我，所以我就不管三七二十一地跨过栏去。我们两个人都摔倒了。这么一干扰，其他的人全停下来不跑了。是一个名叫休伯特·艾克利三世的男生让大家停下的。我以前对这个男生没什么好感。他家里很有钱，非常有教养。此外，**我**喜欢的一个女生喜欢**他**。她叫海伦·埃利奥特。她越喜欢他，我就越是着了魔地喜欢她。我猜想她甚至根本就没有**注意**到我。当然，她也不可能一点也**不**注意我，只是她大概认为我这个人有点儿自以为是，自作聪明。我想她压根儿就不喜欢我。也许她还挺**恨**我的呢——我爱这个姑娘胜过世界上的任何人——我自己家里的人除外。你听我说，格罗根先生，那个教练呢——他名叫拜菲尔德。嗯，假如你能够理解他的话，他也许人还不坏。不过就我所知，没有人**能够**理解他。他总是到处去惹麻烦。希克斯女士说，他还说谎。希克斯女士是我们的古代史教师。她在绮色佳高中已经教了三十五年了。她教过我哥哥马柯斯和我姐姐贝思。当然，我们摔倒以后，我马上就爬了起来，又开始跑，其他的人也开始跑——公平合理。我觉得我的腿出了毛病，可是当时我没有停下来去检查怎么回事，因为我想赢得这场比赛。我并不是一心只想取胜，我也并没有想着要胜过艾克利——那家伙让我感到惊讶。因为拜菲尔德来拦住我，不让我跑，他就让其他几个人全停下了，不让他们跑。艾克利大概是个好样儿的——他就是平日里做人很有修养罢了。跟你说实话，格罗根先生，我当初想跑二百二十码低栏，主要的原因是**斯潘格勒**先生在绮色佳高中念书的时候也跑过这项比赛。可是后来发生了那些事之后，我是想要为希克斯女士赢得这场比赛。

"你听我说，我跟艾克利在课堂上争了起来，所以她当然只好让我们两个放学以后留下来。随后这个拜菲尔德，这个教练，跑到希克斯女士那儿去，对她说了谎。他把艾克利带走了，去参加比赛，却把我给撇下了。希克斯女士说当初在上她的古代史课的时候，他也是这样说谎的。她的自尊心受到很大的伤害。她大概不能忍受这样一个到处说谎的人的。她跟我谈了一阵——跟我讲起我哥哥马柯斯——后来她叫我出去，去参加比赛。斯潘格勒先生当初是山谷学区那项比赛的冠军。我想我将来有一天也要当上全区冠军。不过今年是当不上了。"投递员又把腿来回伸屈了两三下。"我今晚大概得抹上一点止痛油。我跛得很显眼吗？"

"嗯，"格罗根先生说，"不是**太**显眼。不过也**有点儿**看得出来。你骑车没什么问题吧？"

"没问题，"荷马说，"就是有点儿疼，特别是在我抬起左腿的时候，所以我尽量用右脚踏，让左腿只是跟着动动。有时候我把左脚从踏板上放开，让它晃悠着。这样它可以休息休息。我想是韧带出了点毛病——我会抹点油的。”

两个人都不作声了。随后老报务员说：“你比三天之前刚来的时候，已经起了些变化了，对不对？”

“格罗根先生，你已经注意到了吗？”投递员说，“是啊，我想我是有些变了。我大概是长大了。我想这也是我**该**长大成人的时候了。做这份工作之前，我还什么也不懂呢。哦，我也懂得不少事情，不过都是一知半解的。我大概永远也不会什么都懂的，我想也没有人会如此。不过，如果有人凡事都明白，那么我也应该那样。人人都说我是绮色佳高中最聪明的家伙，连那些不喜欢我的人也这么说。可是我其实并不那么聪明。对许多事情——一些很重要的事情——我大概也跟别人一样愚昧无知。我**想要**弄明白，我**永远**想要弄明白。我会一直继续努力的。可是怎么才能够弄明白呢？人应该怎么做，才能把事情搞清楚，让它变得通达有理呢？”

“唔，”老报务员说，“我也不知道人家是**怎么**去弄明白的，不过我看你下了决心要继续努力，倒是觉得很高兴。”

“我**必须**继续努力呀，”投递员说，“你知道，格罗根先生，我不大了解其他的人，我也不知道我是不是能把这个跟你说清楚，不过我并不只是人们眼中**见到**的那个人，我同时又是另外一个人——一个更好的人。有时候我简直不知道该怎么才说得清楚。”投递员因为觉得很累，腿又不舒服，而且刚把一封报丧的电报送到了一个快乐的家庭里去，也因为他知道老报务员是个好人，所以他继续往下说。“我的理想呢，”他说，“是一个不一样的世界，一个更好的世界，更好的人，更好的行事方式。”他停了停，随后又接着往下说，“格罗根先生，除了你，我跟随便谁都不好意思这么说的。可是将来总有一天，我要去工作，干一番事业。我还不清楚那会是什么样的事业，可是那一定会是一**番事业**。我以前是不太懂的——我大概一直在高高兴兴地做白日梦来着。我的一家人都很快乐。我们天性快乐，可是我知道我以前并不懂事。现在，我刚在开始学习——只学会了一丁点儿。每天学会那么一丁点儿。这一样，那一样，这一样，那一样的，一天一丁点儿。”投递员住了声，试了试他的腿，看看他说话的这阵子腿是否有所恢复，可是腿并不见好。“我可不喜欢现在的情形，格罗根先生，”他说，“我不知道为什么，可是我想让一切变得更美好。也许这是因为我相信，一切**应该**更美好。到目前为止，我只懂得这么一点儿——懂得了我并不是什么都知道，不过从现在开始，我要努力去学——一直学下去。我要一直留心观察，我要一直去思考。这么做会让人觉得孤单，可是我不在乎这个。我们是快乐的人，这很好，可是我们也是坚强的人。我不担心自己觉得孤单。我担心的是那些**并不**坚强，可是又孤单、精神上又有创伤的人。我觉得世界上好像到处都有这样的人。以前我不明白这些的。现在，就是海伦·埃利奥特不喜欢我，我也不会在乎了。当然我还是希望她能喜欢我，不过如果她不喜欢的话，那也没什么。我喜欢**她**。我全心全意爱她，可是假如她不喜欢我，而想要喜欢休伯特·艾克利三世的话，那也不要紧。他也是个好家伙，我猜想像海伦·埃利奥特那么一个有修养的女生，是会喜欢有休伯特·艾克利三世那样很有风度的男生做她的男朋友的。我想我这个人大概没有多少教养。我自己认为正确的事就去做，觉得**非做不可**的事就做。在学校里，我爱说说俏皮话，不过我那么说话，并不是要给老师找麻烦。我那么说，只是觉得我非讲不可罢了。每个人都是那么悲伤，那么困惑，一切事物又是那么迟钝，那么不对头，我觉得自己不得不偶尔说些俏皮话。我想，我们活着就该有些乐趣。我看我这个人呢，即使有心如此，要我特地学着有修养的样子，做到彬彬有礼，是办不到的。要我做到彬彬有礼，心里却又是另外一回事，我可办不到。”

投递员把腿又伸屈了几下，议论起这条腿来，好像这条腿不是他自己的似的。“它出了点毛病，”他说。他抬头朝时钟瞥了一眼。“好吧，格罗根先生，”他说，“已经十二点零五分了。我大概该回家了。不过今晚我并不困。明天是礼拜六。以前礼拜六是我最开心的日子。可是现在不一样了。我大概会到电报局来的。也许我能帮点忙。”他从收发台上拿起午饭盒。“格罗根先生，你现在想不想吃一块三明治？”

“唔，”老报务员说，“既然你提起，孩子，好吧，我吃。我这会儿觉得饿了。”格罗根先生从打开的饭盒里拿了一块三明治出来，咬了一口。“请替我谢谢你母亲。”

“唉，这算不了什么。”投递员说。

“哪里，”格罗根先生说，“这个真不错。请替我谢谢她。”

“好吧，先生。”荷马说着，就离开电报局，回家去了。

# 第二十二章

## 要有光

威廉·格罗根先生独自一人留在电报局里。他也曾年轻过，一度是世界上速度最快的报务员。他开始慢吞吞地收拾他的办公桌。他轻轻地哼给自己听一首自孩提时代就留在他记忆之中的小曲。这位老人正干着，托马斯·斯潘格勒走进了电报局，来到他的桌边。他刚从科贝特酒吧来，略带几分醉意，头脑里洋溢着一种飘飘然又很庄严的幸福感。他朝桌子那头的老报务员瞥了一眼，没有作声。他们相互了解。他们常常在一起一连工作一两个小时，没有一言半语，也不当一回事。斯潘格勒从一叠电报上拿起那只讨吉利的鸡蛋，仔细打量着它那惊人的匀称形体。随后他把蛋放回到那一叠电报稿上，想起了那个姑娘，觉得很高兴。他嘟起嘴来学那姑娘天生的说话腔调。

“**你是真心爱我的，是不是**？”他说，“**是的，你是爱我的**。”

老报务员朝电报局经理瞥了一眼。

“汤姆，这是什么意思？”

“威利，”斯潘格勒说，“要是一个姑娘跟你这么说，你对她会作何感想呢？‘**你是真心爱我的，是不是**？**你是爱我的，爱我的！你自己明白你是爱我的！**’”

“唔，”格罗根先生说，“我可不知道我会怎么想。”

“威利，你会喜欢那样一个姑娘吗？”斯潘格勒说罢，又模仿起那姑娘说话的腔调来。“你是真心爱我的，是不是？这句话她是老挂在嘴边上的。”

斯潘格勒用手擦了擦脸，好像想从这种无比的幸福中清醒过来似的，随后说："今晚有什么事吗？"

“跟平时一样，”格罗根先生说，“除了这场雨。”

“那个新来的投递员怎么样？”斯潘格勒问，“他还行吗？”

“**我从来**没见过这么棒的，”报务员说，“你觉得他怎么样？”

“从他过来申请做一份工作那时候起，我就喜欢他了，”斯潘格勒说。“**你是真心爱我的，是不是**？”他忘不了黛安娜·斯蒂德说起这种悄悄话来那种妙不可言的口气。“你喜欢这个投递员我很高兴，”斯潘格勒接着说，“关门的事，你就别操心了，威利。我来关。我有点小事想要办一办。那个投递员的姓名倒是挺有气派的，是不是？荷马·麦考利。他父亲不管他叫托马斯，或是威廉，或是亨利啦什么的，却叫他荷马，你觉得是怎么回事？”斯潘格勒也不等回答，接着又说，“**是的，你是爱我的**。”

格罗根先生说：“荷马的弟弟叫尤利西斯，他姐姐叫贝思。”

“荷马，尤利西斯，还有贝思。”斯潘格勒说。

“还有个哥哥，”格罗根先生说，“叫马柯斯。他参军了。”

“马柯斯，荷马，尤利西斯和贝思，”斯潘格勒说，“威利，你怎么不回家？”

“家？”格罗根先生说。他微笑了一下。“汤姆，如果你不在意的话，”他说，“我倒想跟你一起坐坐。我下了班没处可去，除了睡觉，也没事可干。我又不喜欢睡觉。”

“听我说，威利，”斯潘格勒的口气好像是在跟一个小男孩说话似的，“我说你可不用担心。我知道你**确实**是在担心，可你不用这样。你并不老，这个世界上没有人会让你靠养老金过活。你很清楚，没有你在，我在这个电报局里就没有帮手了。你会活到一百岁的，而且你活一天，就能干一天的活儿。”

“多谢，”老报务员说。他停下来，随后又轻轻地说，“我今晚又小小发作了一次。哦，并不厉害。我有一阵子觉得快要发作了。当时那个孩子还在这儿，我让他去买了药。你知道，我本不该服药的。我该去看医生，我该休息才好。”

“威利，医生并不是无所不知的。”斯潘格勒说，“他们只知道物质，不懂得精神，而你和我是靠精神生活的。”接着他忽然又说，“**你是真心爱我的，是不是**？医生除了物质之外，什么都不懂，”他说，“可是也许你还是应该休息一下。”

“噢，我会休息的，”格罗根先生说，“我会彻底安息的，汤姆。”

“威利，”斯潘格勒说，“到拐角上的科贝特酒吧去喝一杯。听听自动钢琴。等你回来，我们再来讲讲往事——沃林斯基啊，汤姆林森啊，还有达文波特那个老头儿。线务员哈利·布尔，疯子弗雷德·麦金太尔，还有了不起的杰瑞·比迪。现在你先去吧，威利。喝上一两杯。等你回来，我们再来聊聊往事。”

“我是不该喝酒的，汤姆，”格罗根先生说，“你知道，我是不该喝酒的。”

“当然，我知道你是不**该**喝，”斯潘格勒说，“可是我也知道你**喜欢**喝。人喜欢做的事，有时候比他**应该**做的事更重要—— 所以还是去吧，去喝一杯。”

“好吧，汤姆。”格罗根先生说罢，就离开了电报局。

人行道上有个小伙子朝电报局里张望着，在门前走过来走过去，已经有三四分钟的时间了。后来，他终于走了进来，站到柜台前面。斯潘格勒注意到了他，就走了过去。

“你好！”斯潘格勒说。他想起了这个小伙子。“我以为你早就上路回宾夕法尼亚的家里去了。你母亲给你寄了钱来。你不用回来还我的钱。”

“我不是来还你钱的，”小伙子说，“我是回来再要些钱的，而且我也不是来求你施舍。”他咳嗽了一声，“我是来**取**钱的。”

“你这是怎么回事？”斯潘格勒问。

“我就是这么回事，”小伙子说。他从上衣右手的口袋里掏出一支左轮手枪来，握着枪的手直发抖。托马斯·斯潘格勒还有几分醉意，心情愉快，不明白是怎么回事。

“来吧，”小伙子说，“把钱给我——你这个地方所有的钱。人人都在杀人，把你杀了，我也不在乎。要是**我**给人杀了，我也不在乎。我情绪很激动，不想惹麻烦，不过你要是不把所有的钱都给我的话——就是现在——我就开枪了。把钱给我，赶快！”

斯潘格勒拉开现金抽屉，从几只分格里把钱拿了出来。他把钱——有些纸币，整卷的分币，还有零碎的分币——放到柜台上那个小伙子面前。

“我把钱给你就是了，”他说，“不过，并不是因为你拿枪对着我。我把钱给你，是因为你需要钱。喏，所有的钱都在这儿了。拿去，乘上火车，回家去吧。回到你该去的地方。我不会去报警的。这笔钱我自己来赔。这儿大概有七十五块钱。”

他等着小伙子来拿钱，可是小伙子连碰都不去碰。

“我说的是真心话，”斯潘格勒说，“拿了钱就走吧——你需要钱。你不是罪犯，你还没到不可救药的地步。你母亲正在等你。这笔钱就算是我送给她的礼物。你拿了这笔钱，也不算是个贼。快把钱拿了，收起手枪，回家去。把枪**扔**了—— 你心里会好受些。”

小伙子把手枪放回了上衣口袋。他把先前拿枪的手按在颤抖的嘴唇上。“我真该走出去，朝自己开一枪。”他说。

“别说傻话了，”电报局经理说。他把钱捋到一起，伸手递给小伙子。“喏，给你，”他说，“所有的钱都在这儿。把钱拿了，回家去，那就行了。要是你愿意，就把枪留下给我。把你的钱拿去。是的，是**你的**—— 既然你为了得到它不得不掏出枪来，那么它**就是**你的！我理解你的心情，因为我也曾经有过同样的心情。我们大家都有同样的感受。墓地里，教养院里，都是些好端端的美国孩子，他们运气不好，处境艰难。他们并不是罪犯。喏，”他温和地说，“把钱拿了。回家去吧。”

小伙子从口袋里掏出手枪放在柜台上，把它朝斯潘格勒推了过去。斯潘格勒把手枪扔进了现金抽屉。

“我不知道你是什么人，”他说，“可是从来没有人像你这样跟我说话。这枪我不要了，钱我也不拿。我马上**就**回家。我一路流浪来到这里，我再一路流浪回家去。”他咳嗽了一阵，随后说，“我不知道我母亲的那三十块钱是哪儿弄来的。我知道她手头没有闲钱。我花了一部分钱喝酒，又赌掉一些，还 —— ”

“进来，坐下。”斯潘格勒说。过了一会儿，小伙子走到放在斯潘格勒桌旁的椅子那儿去。斯潘格勒坐在办公桌上。“怎么回事？”他问小伙子。

“我也不是太清楚，”小伙子说，“我大概得了病—— 可能是肺结核。我不能确定。即使我没得这病，按照我的生活方式活下去，我也**该**得这病。我不想埋怨。我运气很不好，不过我知道是我自己活该。现在我得走了。非常感谢—— 将来有一天，我会努力记住你的。”小伙子转过身，要离开电报局。

“等一等，”斯潘格勒说，“坐下。别着急。你**现在**有的是时间。你不用再匆匆忙忙地赶时间了。从现在起，你放慢一些。你这么一个人，有什么兴趣没有？”

“我不知道，”小伙子说，“我不知道该走哪条道。到了某个地方，我也不知道该做什么，该相信什么，什么都不知道。我父亲是个传教士。可是我三岁他就死了。我就是不知道我该做些什么。”他看看斯潘格勒，“**有**什么事可做呢？”他说。

“哦，没什么特别的事，”斯潘格勒说，“做什么事都行呗。一个人做什么事不重要。随便什么诚实的好事都行。”

“我老是坐立不安，老大不满意，”小伙子说，“我也不知道这是怎么回事。我觉得什么都没意思。我不喜欢别人。我不爱跟人接近。我不相信他们。他们生活、说话的方式，他们所相信的东西，还有他们你欺负我、我欺负你的做派，我统统都不喜欢。”

“世界上每一个人在某个阶段都会有这种感觉的。”斯潘格勒说。

“我并不是不理解**我自己**，”小伙子说，“我大概能够理解我自己。我没有什么借口可找。我对所有的事负责。只是现在，我累了，厌倦了，又有病。我对什么都不感兴趣。整个世界都发疯了。我不能按照我自己愿意的方式生活，又不愿意按照任何别的方式生活。我所缺少的我所需要的，并不是钱。我知道我能找到工作，特别是当下这时候。可是我不喜欢那些雇我干活儿的人。他们不是好人。我不愿意对他们卑躬屈膝。我也不愿意给人欺负。在宾夕法尼亚州的约克市里，我曾经干过几份工作。我总是因为打架被解雇。有时三四天，有时一个星期，或者一个半星期。我工作最长的一次是一个月。

"我在约克想去参军来着，因为我想那可能是件好事——可以到什么地方去—— 也许还可能送命。假如在军队里他们把你呼来喝去，至少那也是为了什么多少还算得上体面的事。我不知道**究竟**算不算体面，可至少大家是这么想的。可是他们没有收下我。我没能通过体格检查。不光是因为我的肺—— 还有别的毛病。我也没费那份心思去弄清楚。"小伙子又咳嗽起来，这次咳了大约足足有一分钟。斯潘格勒从办公桌抽屉里拿出一只小瓶子。

"喏，"他说，"喝上一口吧。"

"多谢了，"小伙子说，"我喝得太多了些。可我现在倒是**需要**喝上一口。"他喝了一口，把瓶子递还给斯潘格勒，"谢谢，"他说。

斯潘格勒断定他应该让这个小伙子再说下去。"你看些什么书？”他问。

“哦，什么都看。”小伙子说，“至少，我以前在家的时候什么都看。我父亲有许多书——不光是宗教方面的书——好书——好作家写的。我最喜欢的是威廉·布莱克①。也许你知道他写的那些东西。莎士比亚、弥尔顿②、蒲柏③、邓恩④、狄更斯、萨克雷⑤——他们的书都有。我把父亲的每一本书都看了——其中有些看了两遍，有几本看了三遍。我以前爱看书，现在不爱看了。现在我甚至连报纸也不愿意看了。新闻我都**知道**。新闻里到处都是贪污堕落和凶杀，天天如此，世界上没有人感到惊奇。”他用手抱着头，轻轻地说下去，脸也没有抬起来。“对于你所做的事，对于你的为人，我没法子感谢你，”他说，“我得告诉你，刚才要是怕了我，或是对我不客气，我本来会朝你开枪的。世界上人人都胆小，不厚道。现在我知道了，我刚才带着枪来不是来要**钱**的。我不知道你能不能理解，我带着枪到这儿来，是想要彻底弄明白，这个世界上我所认识的人当中，唯一一个对别人好，就是因为他心好的人，是不是**真的**是如此。我想来弄明白，是不是只是偶然的意外。我不相信有人

---

① 威廉·布莱克（William Blake, 1757–1827），英国诗人、画家，十九世纪初浪漫派诗歌的先驱。
② 弥尔顿（John Milton, 1608–1674），十七世纪英国大诗人，长诗《失乐园》的作者。
③ 蒲柏（Alexander Pope, 1688–1744），十八世纪英国古典派诗人。
④ 邓恩（John Donne, 1573–1631），十七世纪英国玄学派诗人。
⑤ 萨克雷（William Makepeace Thackeray, 1811–1863），十九世纪英国小说家，长篇小说《名利场》的作者。

真的会对人那么好，因为若是真有这样的人，我对万事万物和所有的人的感觉就都变得不真实了—— 我这种感觉由来已久，我觉得整个人类没有希望，堕落，觉得世界上没有一个人称得上是一个真正的人，没有一个人配受到旁人的尊敬。长久以来，我瞧不起可怜的人，也瞧不起骄傲的人，可是忽然在一个离家几千英里之外的地方，在一个陌生的城市里，我找到了一个好人。这件事让我烦恼。让我烦恼了好长时间。我不相信有这样的事。我得弄个明白。我希望这样的事是真的。我希望自己能够相信这样的事，因为多年来我一直对自己说：'让我找到一位没有被这个世界腐蚀的人，那样**我**也能够不受腐蚀，能够有信仰，能够生活下去。'我们第一次见面那回，我还拿不准，可是现在我完全相信了。我不需要你再给我什么了。你已经给了我所需要的一切。我知道你能明白。我站起身来，就该跟你说再见了。你不用为我担心，我会回家去的，回到我的老家去。我不会因为得了这个病而去死的。我要活下去。现在我要学会**怎样**生活。"小伙子低着头待了一会儿。随后慢慢站起来，看着斯潘格勒。"非常感谢。"他说。

斯潘格勒看着小伙子走出了电报局。他走到现金抽屉面前，把钱放回了原来的地方。他拿起那个小伙子的手枪，卸了子弹，然后把枪放回抽屉，把子弹丢进了自己的上衣口袋。随后，他走到铁架子那儿，每天的电报稿都扎成一捆捆的放在那儿。他在其中一捆电报里找到了那个小伙子上次发给他的母亲的那份。电报局经理拿出一张空白的电报单，写了以下的电文：

宾夕法尼亚州约克毕德尔街 1874 号
玛格丽特·斯特里克曼夫人母鉴
谢汇款即返一切甚好

斯潘格勒把电文看了一遍，决定把“甚好”改为“尚好”。他又想起那个小伙子的样子，添上一句：“爱你约翰”。他走到发报台前格罗根先生的位置上，发出了呼叫。过了一会儿，有人应了，斯潘格勒把电报发了出去。发报完毕后，又跟那头的报务员交谈了几句，笑眯眯地听着那点点划划的发报声，然后又答了话。交谈结束以后，他站起身走到自己的办公桌边。

威廉·格罗根走了进来，在刚才那个小伙子坐过的那把椅子上坐了下来。

“你感觉怎么样？”斯潘格勒问老报务员。

“当然好多了，”格罗根先生说，“我喝了**两**杯呢，汤姆。我听那些当兵的唱歌。他们喜欢那台自动钢琴，还有那些老曲子——那些曲子他们以前从来没有听到过。”

“**你是真心爱我的，是不是**？”斯潘格勒说，“**是的，你是爱我的**。**你知道你爱我**。威利，她就是这么说的，”斯潘格勒对老报务员说，“她说这话的时候就是这种腔调。我相信我会娶她的。”

斯潘格勒暂时不再去梦想黛安娜·斯蒂德，仔细打量他的老朋友的脸色。“那些老曲子，”他说，“真不错。”

“汤姆，”格罗根先生说，“你还记得以前老达文波特怎么唱那些叙事曲的吗？”

“当然，”斯潘格勒说，“只要电报局还在这里一天，我就听得见他的歌声。我这会儿就听见了呢。不过不仅仅是老叙事曲——还有教堂歌曲呢。别忘了老达文波特每个礼拜天唱的那些教堂歌曲。”

“我可没忘，”格罗根先生说，“每一首我都记着呢。当然他喜欢装出一副不信教的人的模样，可是礼拜天他要唱上一整天的赞美诗——嚼着烟草，发着电报，唱歌，把烟草沫从嘴里吐出来，吐进痰盂。早上他第一件事就是唱：‘欢迎，快乐的早晨，您神圣的休息日。’他真是个了不起的人啊，汤姆。接着他又会放声高歌：‘这是光明的白昼，今天要有光。[①]’”

“我记得，”斯潘格勒说，“我记得。**今天要有光**。接着他就往痰盂里吐烟草沫。”

“然后，”格罗根先生说，“他又唱：‘主啊，白昼和黑夜的主宰。我们感谢您赐给我们光明。’这个伟大的异教徒——他最热爱的就是光明和生命。然后，白天快过去的时候，他就从椅子上慢慢地站起来，伸伸腰，低声唱：‘现在白昼过去，黑夜即将来临。’好听的老歌他全都知道，全都喜欢。‘救世主啊，’他高声大唱，装出一副不信教的人的样子，好像在嘲弄宗教似

---

① “要有光”，语出《圣经·旧约·创世记》首章：“上帝说，要有光，就有了光。”

的。‘救世主啊，为夜晚祝福吧，趁我们的灵魂尚未安息；我们前来忏悔罪孽，祈求恩典；只有您能拯救我们，治愈我们的创伤。’”

老报务员不作声了，他回想着死去多年的老朋友。“这些话都是真理，汤姆，”他说，“都是真理。”

电报局的经理冲着他的老朋友笑笑，拍拍他的肩膀，一边走去关灯，关上了电报局的大门。

# 第二十三章

## 死神，不要到绮色佳来！

荷马·麦考利终于睡上了床，辗转反侧。他梦见自己又在跑二百二十码低栏，可是每次跨栏的时候，拜菲尔德就在那儿拦住他。他不顾一切地跨了过去，两个人都摔倒在地上。每一次跨栏时拜菲尔德都在那儿。后来，荷马腿上的伤疼得厉害极了，他一跑就摔倒。他爬了起来，狠狠打了拜菲尔德一个嘴巴。他对那个人大叫说："拜菲尔德，你拦不住我的！你永远拦不住我的——低栏，高栏，随便什么栏！"

他又跑了起来，开始的时候还是一拐一拐的，不过不一会儿就跑得很顺利了。可是下一个栏高得不近人情——足足有八英尺高——可是荷马·麦考利，也许是加利福尼亚绮色佳最伟大的人，姿势十分优美地跨了过去。

接着他又梦见自己穿着制服，骑着自行车，飞驰在一条狭窄的街道上。忽然，拜菲尔德拦住了去路。可是荷马冲着他飞快地骑了过去。“拜菲尔德，”他大叫着，“我跟你说过—— 你拦不住我的！”他用手撑着自行车的龙头，身子往上腾起，自行车也腾空飞了起来，正好飞过拜菲尔德的头顶，在那一边轻轻落下。可是自行车刚要碰到路面，拜菲尔德却又拦住了他的去路！自行车又一次离开路面，飞过他的头顶。不过这一次，自行车在拜菲尔德头顶上二十英尺的地方高悬在空中。那个人站在街上，又惊又怒。“你不可以那样！”他朝投递员大叫，“你违反了万有引力定律。”

“万有引力定律跟我有什么相干？”荷马朝着地上那个人大叫，“什么平均律啊，供求律啊，随便什么定律，跟我有什么相干？**你拦不住我的！**你拦不住我的，就是如此！小爬虫，老顽固—— 我可没时间来陪你。”投递员继续在空中飞驰，把那个丑陋的男人独自一个撇在下面的马路上，要多低下就有多低下。

这会儿，荷马骑着自行车在乌云里飞。当投递员在空中飞驰而过的时候，他看见了另外一个骑着自行车的人，身上穿着投递员的制服，很像他自己，可是骑得更快，飞一般地穿过乌云。奇怪的是，这第二个投递员好像就是荷马自己，不过同时他好像又是一个荷马所害怕的人。荷马在这另一个投递员后面追赶着，想看看那个人究竟是谁。

两个骑车的人跑了好长一段路，荷马才渐渐赶上了他。忽然，那个投递员转身看了荷马一眼。荷马惊奇地发现，那个投递员看上去跟他自己长得一模一样，不过与此同时，毫无疑问—— 与其说是看外表，不如说是凭感觉—— 他是死神的投递员。两个骑车的人向绮色佳飞驰而来。荷马在死神的投递员后面紧紧追赶，他从来都没有骑得这么快过。他看得到在远处下方的小城里凄凉的灯光，还有美丽的、凄凉的街道和房屋。荷马下定决心要赶上另外那个投递员，不让他进入绮色佳。他要把他拦在绮色佳城外—— 世界上没有比这更重要的事了。

两个骑车的人艰苦地、规规矩矩地比赛，谁也没玩花招。这会儿两个人都感到很疲劳了，不过荷马终于跟另外那个骑车的人并驾齐驱了，想把他从绮色佳挡出去。接着，另外那个投递员忽然加快了速度，拉开距离，然后回过头来，朝小城驰去。荷马对自己大失所望，可是他还是拼命追赶，眼看着那个投递员朝绮色佳驰去，把荷马远远甩在后面。现在荷马再也骑不动了。他再也没有气力去追赶那个死神的投递员了。男孩子几乎瘫倒在他的自行车上，伤心地抽泣起来。他的自行车开始往下掉，荷马对另外那个投递员大声呼喊起来，“回来！别去绮色佳！不要去碰他们！回来！”

男孩子悲痛万分地抽泣着。

在圣塔克莱拉大街的屋子里，做梦的人的弟弟尤利西斯站在荷马身边，倾听着他说话。他穿过黑黑的屋子，来到他母亲的床边，摇了摇她。她坐了起来，他捏住她的手，两人一声没吭，一起来到荷马的床边。麦考利太太听了他儿子一阵，随后把尤利西斯放回到床上，给他盖好被子。她在正在哭泣的男孩子身旁坐下。她非常温柔地对他说话。

“静一静，荷马，”她说，“现在好好休息。你很累了。你得休息。现在你睡吧。安安静静地睡吧。”投递员不再抽泣了，过了一会儿，脸上愁苦的表情消失了。“现在睡吧，”他母亲对他说，“安静地睡吧。”

男孩子睡着了。母亲又看了看她最小的儿子，他现在也睡着了。她看见马太·麦考利站在屋子角落里，看着，微笑着。她悄悄站起来，拿起闹钟，回到她自己的房间去了。

投递员的睡梦由恐怖的境界转入温暖、光明和舒适的国度。在这一次新的睡梦里，荷马·麦考利发现自己正躺在小溪水旁边的无花果树下。“这儿，”他在梦中自言自语说，“是通往河谷去的，我就是在那儿的小溪边上看到那棵无花果树的。太阳照耀着，好像在欢笑，让一切都欢笑了。我记得这个地方。去年夏天，我跟马柯斯上这儿来游泳，随后我们坐在溪水岸边，谈论我们将来在世界上要干些什么。”这会儿，他舒服地感觉到他来到的这个地方的欢乐气氛，感觉到自己对此地的回忆的温暖，便在树下的草地上舒舒服服地伸展四肢——完全忘记了他自己还在睡乡之中了。

他就穿着那个夏日跟马柯斯在一起时所穿的那件衣服。他看到钓鱼竿正插在他前面松软的土地上。不过这可不是那个夏日的事了—— 那还是很久很久以前的事。一会儿，在很远的地方，穿过一片遍地是青草和树干的荒野，荷马·麦考利看见了那位妙人儿海伦·埃利奥特，像他一样赤着脚，穿着一件普普通通的方格子花布连衣裙，沿着一条狭窄的小道朝他走过来。“那是海伦·埃利奥特，”荷马自语说，“那是我爱的姑娘。”他微笑地坐起身来，看着她走过来，随后站起身来，迎上前去。荷马一言不发，带着几分严肃，握住姑娘的手，跟她一起朝大树走去。到了那儿，他敏捷地一头扎进小溪水里。荷马看着姑娘来到小溪边，站了一会儿，也跳进了水里。他们仍然很严肃地在小河里游来游去，过了一会儿，才一起离开。

# 第二十四章

## 杏子树

尤利西斯·麦考利一大早就起来了，穿过清晨最早的阳光，跳跳蹦蹦地向养着一头母牛的一个男人的院子里走去。尤利西斯一到院子里，就看见了那头母牛。小男孩站在那儿，朝那头母牛看了好久。母牛的主人终于走出了小屋，手里拎着一只水桶，还有一只小板凳。那个男人直接走到母牛跟前，开始挤奶。尤利西斯往前凑近，最后终于紧挨在男人的身后。可是他还是看不真切，于是他跪下来，几乎就在母牛的身子底下。那个男人看见了这个男孩子，可是没有说什么。他继续挤奶。可是那头母牛却转过身来，盯着尤利西斯看。尤利西斯回头望着母牛。

母牛好像并不喜欢孩子靠得那么近。尤利西斯就从母牛身子底下钻出来，走开去，待在一旁看着。母牛呢，也看着尤利西斯，于是小男孩就觉得他跟母牛已经成了朋友。

回家途中，尤利西斯又站住了脚，看一个男人搭马棚。这个男人神情紧张，激动不安，又没有耐性，根本不该来干这活儿。但是他拼了命地干活，拼了命地出错。尤利西斯看在眼里，实在弄不明白。

尤利西斯回到圣塔克莱拉大街，正好赶上看着阿利纳先生骑着自行车去上班。玛丽·阿利纳在门廊上向他挥手道别，然后回进了屋子。

这是绮色佳一个礼拜六的早晨，是小学生们最快乐的一天。不远处的一幢房子里走出来一个八九岁的男孩子。尤利西斯朝他挥挥手，他也挥手还礼。这个男孩是莱昂内尔·卡波特，是住在这一带的一个低能儿，不过他依然是个了不起的人，忠实、大方，而且性情温和。过了一会儿，莱昂内尔又遥遥看了看尤利西斯。因为他没什么别的事可干，于是又朝他挥挥手。尤利西斯也朝他挥挥手。他们频频相互挥手，直到奥古斯特·戈特利布从埃拉市场隔壁他的家里走出来。

自从荷马·麦考利十二岁那年从这个位置上“退休”以来，奥吉一直是附近这一带男孩的首领。这位新首领四下里看了看，寻找他的小跟班。他没把莱昂内尔放在眼里，因为觉得他太迟钝，也从不正眼看尤利西斯，因为觉得他年纪太小，不过他还是分别向他俩挥挥手打了个招呼。接着他来到大街中央，摆出一副报童的派头打了个呼哨。这个呼哨声音响亮，很有权威，非常有领袖的派头，而且极为专断。奥吉满怀希望地等着，就像一个知道自己在做什么，而且知道自己将会取得什么结果的大人物。立刻，有几扇窗户打开了，有人打呼哨回应。不一会儿，几个男孩跑步来到大街的拐角处。不到三分钟的时间，这一帮人都到齐了——首领奥吉·戈特利布，尼基·帕鲁塔，阿尔夫·莱夫，还有夏格·马努金。

“奥吉，我们去哪儿？”尼基问。

“去看看亨德森家的杏子熟了没有。”奥吉说。

“奥吉，我可以去吗？”莱昂内尔问。

“可以，莱昂内尔，”奥吉说，“如果杏子熟了，你会偷几只吗？”

“偷东西可是罪过呀。”莱昂内尔说。

“偷杏子不算偷，”奥吉说，企图把这两件事郑重地区分开来。“尤利西斯，”他说，“你回家去吧。这不是小孩子干的，有危险。”

尤利西斯走开三步，站住了，望着他们。他倒并没有因为奥吉的命令觉得心里受了伤害，或是生气。他懂规矩。他年纪还不够大，就是这么回事。不过他虽然尊重这条规矩，却还是无法抵挡想要参加这一帮人的活动的愿望。

孩子们向亨德森家出发了。他们不走大街上的人行道，却取道小巷，穿过空地，翻过篱笆。他们想要走一段艰苦、冒险的道路。尤利西斯在他们后面不远，隔着一段安全的距离，跟着他们。

“熟杏子可以说是世界上最好吃的水果了。”奥吉对他的小跟班们说。

“这才三月，杏子就熟了吗？”

“马上就是四月了，”奥吉说，“只要阳光充足，早的一批杏子一下子就熟了。”

“可是，最近一直在下雨呀。”阿尔夫·莱夫说。

“你们以为杏子的汁水是从哪儿来的呢？”奥吉说，“是从水里来的——从雨水里来的。雨水对杏子跟阳光同等重要。”

“白天阳光照，夜里雨水浇。”夏格·马努金说，“给它们热量，给它们水。我敢打赌，树上准有许多熟杏子的。”

“嘿，但愿如此。”阿尔夫·莱夫说。

“杏子还没到时候，”尼基·帕鲁塔说，“去年的杏子到六月里才熟呢。”

“去年是去年，”奥吉说，“今年是今年。”

孩子们在离杏子树一百码左右的地方站住了，赞赏着这棵有名的杏子树——它一片葱绿，很漂亮，非常古老，也非常高大，矗立在亨德森家后院的角落里。十年以来，这一带的孩子们总是来侵袭亨德森老汉的这棵杏子树。每年春天，亨德森先生从他那破落的房子里津津有味、兴致勃勃地看着孩子们到来——

他总是以在最后一分钟露面把他们吓跑的方式让孩子们得到满足。这会儿，在屋子里头，从拉上了窗帘的窗户后面，亨德森先生从他的书本上抬起头来看了看。

“嘿，瞧瞧！”他自语道，“才三月里，还是寒冬腊月呢，就来偷杏子了。瞧瞧他们！”他又往外张望了孩子们一眼，好像自己也是他们其中一员那样耳语说，“来偷亨德森老汉的树上的杏子了，”他说，“他们来了。慢着慢着，好啊，哈哈，”他大笑起来，“瞧瞧这帮人！再瞧瞧那个小家伙！肯定四岁还不到。他可是个新手。来吧，来吧！到这棵了不起的老树跟前来吧。假如我能让杏子早点熟了让你们可以偷的话，我倒也会那么做的——”

亨德森先生看着奥吉发号施令，布置和领导这场偷袭。孩子们小心翼翼、战战兢兢地围住了大树，心里既抱着希望，也夹杂着恐惧。尽管杏子还是青绿的，它们长在亨德森的大树上，是属他所有的，所以他们现在来摘，跟等到杏子熟了再来摘，是没有什么区别的——因此他们**真希望**杏子**真的**熟了。不过他们也害怕。他们怕亨德森，他们怕犯下罪恶，怕被逮住，怕有负罪感，而且也怕他们来得太早了一点儿。他们怕杏子还没有成熟。

“他可能不在家，奥吉。”当孩子们快要来到树下的时候，尼基·帕鲁塔小声说。

“他在家，”奥吉说，“他**总是**在家的。他正躲着呢，就是这么回事。这是个圈套。他想要逮住我们。大家都得小心，说不准他呆在哪儿。尤利西斯，你回家去。”

尤利西斯顺从地后退了三步，又站住了，望着这场人跟参天大树的决斗。

“杏子熟了吗，奥吉？”夏格问，“你看到什么颜色没有？”

“只是一片绿，”奥吉说，“都是树叶。杏子在叶子底下。现在大伙儿都别慌。莱昂内尔在哪儿？”

“我在这儿。”莱昂内尔小声说。他怕得很厉害。

“好吧，”奥吉说，“你踮起脚来。你要是看见亨德森老头儿，就快跑！”

“他在哪儿呢？”莱昂内尔说，那口气就好像亨德森是个隐身人，或者比一只兔子大不了多少，会突然从草丛里跳出来似的。

“你问他在哪儿，是什么意思？”奥吉问，“我猜他在屋子里。可是亨德森这个人实在叫人摸不透。他可能在屋外的什么地方躲着，等着机会就出其不意地把我们逮住。”

“**你**打算爬到树上去吗，奥吉？”阿尔夫·莱夫问。

“还能有谁呢？”奥吉说，“当然是我去爬树了，不过我们先来瞧瞧杏子熟了没有。”

“管它是熟是生，”夏格·马努金说，“我们至少也得偷上**几只**，奥吉。”

“别担心，”奥吉说，“我们会偷的。假如杏子熟了的话，我们就偷上**许多**。”

“明天上主日学校你怎么讲呢，奥吉？”莱昂内尔问。

“偷杏子不算偷。不是《圣经》里说的那种偷，莱昂内尔，”奥吉说，“这个不一样。”

“那么你们还怕什么呢？”莱昂内尔问。

“谁怕了？”奥吉说，“我们只是该小心些罢了。假如你本来可以逃跑的话，干吗要被人逮住呢？”

“我可没看见什么熟杏子。”莱昂内尔说。

“你看见一棵树了不是？”奥吉说。

“我看见一棵树，没错，”莱昂内尔说，“不过**这**就是了——只是一棵大树—— 一片绿色。当然它也很漂亮，奥吉。”

现在这一帮子人几乎都来到了树下。尤利西斯在后面不远的地方跟着。他一点儿也不害怕。他压根儿什么也不明白，可是他觉得这是非常重要的事——跟树有关，跟杏子有关。孩子们仔细打量着长满嫩绿新叶的老杏树的树枝。杏子的个儿都很小，颜色碧绿的，一望而知还硬着呢。

“还没熟。”阿尔夫·莱夫说。

“是啊，”奥吉承认，“我看还得要两三天工夫。可能得下个礼拜六。”

“下礼拜六—— **没错**。”夏格说。

“不过果子倒是真结了**不少**。”奥吉说。

“我们不能空着手回去，奥吉，”夏格说，“我们至少得摘

**一个** —— 管它是生是熟 —— 至少得摘**一个**。"

"好吧，"奥吉说，"我去摘。现在你们其余的人都准备跑。"奥吉冲向大树，一下子荡上了一根低矮的树枝。这一帮喽罗们，还有亨德森先生，还有尤利西斯，都着了魔似的盯着他，惊奇而又佩服。随后亨德森先生走出了屋子，来到后面走廊的台阶上。所有的男孩子就像一群受了惊吓的鲦鱼，一下子就散开了。

"奥吉！"夏格·马努金大叫，"**亨德森！**"

奥吉就像丛林里一只受了惊吓的长臂猿那样，在树上蹦来蹦去，吊到一根树枝上，然后落下地来。他几乎脚还没着地就跑了起来。可是他看到了尤利西斯。他猛地一下站住了，对他大叫起来："尤利西斯，快跑—— **快跑！**"

可是尤利西斯却一步也没挪动。他不明白这是怎么回事。奥吉冲回到小男孩身边，一把把他提了起来，让他脚不着地抱着他跑，亨德森目送着他们。孩子们跑得无影无踪，一切重归平静之后，老头儿微笑着抬头看看大树。随后他转过身来，回进他的屋子去了。

# 第二十五章

## 快活些！快活些！

奥古斯特·戈特利布的秘密帮会的成员一个接着一个从亨德森老汉那儿逃了回来，聚在埃拉市场前面，等待着他们首领的到来。最后，这位大人物忠实的喽罗们终于看见他牵着尤利西斯·麦考利的手，转过一条胡同过来了。帮会会员们默默地等着他们。一会儿，他来到了大家跟前。每一个小喽罗都观察着他们首领的脸色。随后那个名叫阿尔夫·莱夫的男孩开口了："奥吉，你拿到杏子了吗？"

首领朝这个不忠实的家伙看了一眼，说："你没必要问这个。你看见我上了树。你**知道**我得了一只杏子的。"

现在，所有的会员都用一个声音发话了。（所谓“所有的”并不包括莱昂内尔，他实在也算不上是会员。）他们心悦诚服地说：“让我们看看，奥吉，让我们看看杏子吧。”

小男孩尤利西斯把这些都看在眼里，他还是一点儿都参不透这件事所包含的神秘的价值，不过他确信，无论如何，这种价值一定比世界上任何其他的事都要重要得多—— 至少在当下那一刻是如此。

“让我们看看你偷到的那只杏子吧，奥吉，”帮会的成员又说了，“来吧，让我们看一看。”

奥古斯特·戈特利布悄悄把手伸进他的背带裤口袋，然后掏出一只捏紧的拳头，猛地一下子伸到他们面前。他的喽罗们凑拢过来，眼光全集中在这只拳头上。等到每一个人都满怀敬意、规规矩矩地安静下来之后，奥古斯特·戈特利布张开了他的拳头。

在他的手掌心里，有一只鹌鹑蛋一般大小的、青绿色的小杏子。

这位伟大的宗教首领的信徒们看着他手掌心里那件神妙的东西，微笑了。而莱昂内尔—— 他们当中就数他的心肠最好，尽管他不是这个宗教小团体的正式成员—— 把尤利西斯抱了起来，让他也能够看一眼那只青色的小东西。尤利西斯看到了这只青杏子以后，扭动了一下身子，站下地来，往家里跑去。他并不是感到失望，而是急于想把这件事去跟什么人讲一讲。

这时，埃拉本人从他的商店里走了出来。七年之前，他在加利福尼亚的绮色佳这一带开办了埃拉市场。他高高的个子，尖瘦的脸，围着一条食品杂货商的白围裙，神情忧郁，然而颇有戏剧意味。他在店门口小小的门廊上站了一会儿，看着下面那位新生的弥赛亚[①]和他的信徒们，听着他们兴高采烈的赞美声。

"奥吉，是你啊！"他说，"还有你，夏格！尼基！阿尔夫，你啊！还有你，莱昂内尔！你们以为这是什么地方？华盛顿的联邦国会吗？到偏僻些的地方开重要会议去吧。这儿是市场，不是国会。"

"噢，当然了，埃拉先生，"奥古斯特·戈特利布说，"我们就到马路对面的空地上去。你要不要看看一只杏子？"

"你有杏子？"食品商问，"你哪儿来的杏子？"

"树上摘下来的，"奥吉说，"要看看吗？"

"杏子没到时候呢，"食品商说，"杏子得再过两个月才上市，要到五月里。"

"这是一只三月的杏子，"奥古斯特·戈特利布——这位旋转托钵僧众[②]的首领——对食品杂货商说，"喏，看看吧。"他又张开拳头，露出那只又硬又青的小东西。"看看，埃拉先生，"奥吉说。他停了停，又说，"好看吧？"

---

① 弥赛亚（Messiah），本为犹太人传说中所期待的复国救主，基督教则以之称呼耶稣。此处借指奥吉。

② 旋转托钵僧众（whirling-dervishes），本为伊斯兰教的一种团体，信奉贫穷、操守、苦行，举行宗教仪式时旋转起舞，故名。此处借指奥吉和他的小伙伴们。

“很好，很好，”埃拉先生说，“好看。很好的杏子。现在，到偏僻点的地方去召开华盛顿美国联邦国会会议吧。今天礼拜六，市场开门做生意。一大清早的头等大事就是别挤在小铺子的门口。给点儿机会。小铺子怕的就是这个，快走吧。”

“好吧，埃拉先生，”奥吉说，“我们不挤在你的店门口了。我们现在就到马路对面去。走吧，伙计们。”

埃拉先生看着这些狂热的宗教信徒们的小迁徙。他刚要回店里去，一个长得很像他的小男孩从店里走了出来，站在他的面前。

“爸爸？”小男孩说。

“约翰，怎么啦？”父亲用他们自己的母语问他的儿子。

“给我苹果。”男孩对父亲说。他说话口气很严肃，几乎有点悲哀。

父亲牵起儿子的手，一起走回到店里的柜台边。那儿放着一堆堆的新鲜水果。

“苹果？”父亲对儿子说。他从苹果堆上拿了一只下来——是那一堆苹果里最好的一只——把他递给了男孩子。“好吧，”他说——“苹果。”

父亲走到他店里的柜台后面，等顾客上门，同时照看着他的儿子。尽管父子俩年龄至少相差四十岁，这个儿子看上去就像他的父亲那样神情忧郁。儿子咬了一大口苹果，慢吞吞地咀嚼着，咽了下去，随后有一刹那，他好像在思考吃下去的这口苹果，而他父亲自己也在想着这件事。苹果并没有使孩子感到快乐。他把它往他父亲面前的柜台上一放，抬头看着他。他们身在加利福尼亚的绮色佳，而他们居住了几个世纪的故乡大概远在七千英里之外的世界上。他们各自都感到寂寞，那很自然，但是没有人能说得准，即使他们身在七千英里之外的故乡，是否就不会感到同样的寂寞了。儿子站在他父亲的店里的地上，父亲看着儿子 —— 看着跟他自己同样的脸，跟自己同样的眼睛，此外也确切地看到了跟他自己同样的悲哀。那儿是一个跟他一模一样的一个男子，只是年纪更轻罢了。父亲拿起那只被扔下不吃的苹果，狠狠咬了一大口，嘴里噼啪作响，站在那儿边嚼边咽。他咀嚼得特别快，特别响，也许正因为心里不痛快。苹果是天地间的一样好东西，不该浪费了，所以他儿子要是不想吃，他就该把它吃了，尽管他对苹果和它的滋味都没有什么强烈的欲望。他只知道，无论什么东西，浪费了总是不对的。他继续啃着苹果，边嚼边咽。不过，这只苹果未免也太大了些 —— 太大了，多少浪费一些也不妨。他发了个狠，心里不免也带着几分悔恨，把没吃完的苹果扔进了垃圾箱。

这会儿儿子又开口了。“爸爸？”他说。

“约翰，怎么啦？”父亲问。

“给我橘子。”男孩子说。

父亲在放得整整齐齐的橘子堆里挑了最大的一只，递给男孩子。“橘子吗？”他说，“好吧—— 橘子。”

男孩子咬了一口橘子皮，然后开始用手指剥橘子皮，一开始剥得慢而有成效。过了一会儿，他加快了速度，那使劲的模样，好像他肯定感觉到，在这只树上结的果子被剥开的外皮底下，不仅仅是一只橘子，而是心灵的终极欢乐，甚至连他父亲也开始感觉到了。孩子把剥下来的橘子皮放到他父亲面前的柜台上，把橘子分成两半，掰下一片，放进嘴里，嚼了嚼，咽了下去。可是天哪，不对。这是一只橘子，没错，可是它并**不是**心灵的终极欢乐，也没错。儿子等了一会儿，把剩下的橘子放在他父亲面前。父亲又一次拿起半途而废的活儿，默默地开始去努力完成它。可是很快他也达到了极限，小半只橘子进了垃圾桶。

“爸爸？”过了一会儿男孩子又说，父亲也同样回答说：“怎么啦，约翰？”

“给我糖果。”孩子说。

“糖果？”父亲说，“好吧——糖果。”

父亲从糖果的玻璃陈列柜里挑出一支最受欢迎的五分钱的棒糖，把它递给了男孩子。孩子看了看这个产品，剥下蜡纸，咬下一大块包裹着巧克力糖衣的糖块，然后慢慢地边嚼边咽。可是这也不管用——这仅仅是块糖而已——甜倒是很甜，可是除此之外就什么也不是，什么也不是。儿子再一次把没能给他带来欢乐的世界上的另一样东西还给他的父亲。父亲耐心地尽了义务——以免浪费。他捡起棒糖，刚想咬一口，却改变了主意，转身把糖扔进了垃圾桶。又因为某种原因，他觉得非常愤怒，他从心底里咒骂着七千英里之外的一些人。他一度曾经认为这些人简直不是人，至少太愚昧无知。**那些狗杂种！**他在心里咒骂着。

男孩子又一次向父亲开口了。

“爸爸？”他说。

“怎么啦，约翰？”父亲问。

“给我香蕉。”孩子说。

这一次父亲叹了口气，不过他还没有完全放弃信心。“香蕉？”他说，“好吧—— 香蕉。”他仔细看了看悬挂在水果堆上空的一串香蕉，最后发现了他认为最好的一根—— 那串香蕉里最熟、最甜的一根。他把这根香蕉摘了下来，递给了男孩子。

后来终于有一位顾客走进店里来了。这位顾客是埃拉先生平生第一次遇见的陌生男人。店主和顾客互相微微点点头打了个招呼，随后那个男人问：“你有曲奇饼吗？”

“曲奇饼？”食品商殷勤地问道，“您要什么样的曲奇饼呢？”

又有一位顾客走进店里来。这位顾客是尤利西斯·麦考利。他站在一边，听着，看着，等着轮到他。

“你有曲奇饼吗？里面有葡萄干的？”男人问食品商。

“曲奇饼，里面有葡萄干的？”食品商说。这可是个问题。“曲奇饼，里面有葡萄干的，”食品商几乎是耳语着又说，“曲奇饼，里面有葡萄干的。”他又说了一遍。食品商朝店里四下环顾了一下。他的儿子把香蕉放到他父亲面前的柜台上——又不吃了。

“爸爸？”男孩子说。

父亲看看男孩子，随后飞快地说起话来。“你要苹果，”他说，“我给你苹果。你要橘子，我给你橘子。你要糖，我给你糖。你要香蕉，我给你香蕉。**现在**，你又要什么啦？”

“曲奇饼。”孩子说。

“你要什么样的曲奇饼？”父亲一边对男孩子说，同时也没有忘记那位顾客。事实上，他既是在对顾客说，而同时又在对他儿子说，也在对每一个人—— 对四面八方的每一个人——每一个想要东西的人说的。

“曲奇饼，里面有葡萄干的。”男孩子说。

父亲拼命克制住自己，小声回答他的儿子。不过，他的眼睛并没有看着他，而是看着那位顾客。“我没有曲奇饼，”他轻声说，“没有这种曲奇饼。你为什么非要曲奇饼呢？我什么都有，就是没有曲奇饼。什么叫曲奇饼？你想要什么？”

“曲奇饼，”那个男人耐心地说，“小男孩要的。”

“我没有曲奇饼，”食品商说，“我也有个小男孩，”他指了指他自己的儿子。“我给他苹果、橘子、糖果、香蕉，许许多多好东西。”他直视着那位顾客的眼睛，然后几乎好像是气冲冲地说，“你想要什么？”

“我兄弟的男孩，”顾客说，“他感冒了。他哭 —— 他要曲奇饼。‘曲奇饼，里面有葡萄干的。’他这么说。”

可是每个人只能过他自己的生活，而每一种生活又有它自己的主题，所以食品商的儿子又朝他父亲看看，并且说："爸爸？"

不过这一回，父亲不肯再去看男孩子，却看着那个男人，他的侄子病了，想要里面有葡萄干的曲奇饼。他看着那个男人，有理解，有同情，又有一种庄稼汉的愤懑，并不是冲着这个男人，而是冲着这个世界本身，冲着疾病，冲着痛苦，冲着孤独，冲着永远在企求无法得到的东西的心灵而发的。食品商对自己也感到恼火，因为尽管他在离家七千英里的加利福尼亚绮色佳开了这家商场，可是他没有里面有葡萄干的曲奇饼，他没有那个生病的小男孩想要的东西。老板指着他的儿子，跟那个男人说话。

"苹果，"食品商说，"橘子、糖果、香蕉——没有曲奇饼。他是我的孩子，三岁，没病。他想要许多东西。他要苹果。他要橘子。他要糖果。他要香蕉。我真不知道他要什么。没人知道他想要什么。他只知道要。他看着上帝。他说，给我这，给我那——可是他从来不满足。他要个没完。他总是不快活。可怜的上帝没有东西对付悲哀。他给了一切——世界——阳光——母芹——父芹——兄笛——姐妹——树伯舅久[①]——堂亲表亲——房子、农庄、火炉、桌子、床铺——可怜的上帝给了一切——可是没人快乐——每个人都像那个得了感冒的小男孩——每个人都说给我曲奇饼——里面有葡萄干的。"

---

① 此处原文模仿亚美尼亚移民的埃拉先生外国口音的英文。"母亲"(mother)、"父亲"(father)、"兄弟"(brother)、"叔伯舅舅"(uncle)，分别被他念成了moder, fader, broder 以及 oncle。

食品商停了停，深深吸了口气。他缓过气来之后，大声对顾客说，**“曲奇饼没有 —— 里面有葡萄干的。”**

食品商开始动起手来，那副烦躁发怒的样子几乎还有几分威严。他先拿了一个纸口袋，啪的一声把它打开。随后他朝里面扔东西。“这是橘子，”他说，“很好看的。这是苹果，棒极了。这是香蕉，味道很好。”他对这个男人和他的生病的侄儿表现得彬彬有礼，满怀真诚的同情，温存地把纸袋递给顾客。“拿去给小孩子，”他说，“也许他就不哭了。喏，把这些好东西拿去给那个小男孩。不用付钱。我不要钱。”随后他小声地说：“没有曲奇饼，里面有葡萄干的。”

“他老哭，”那个男人说，“他感觉很不好。他说：‘曲奇饼，里面有葡萄干的。’非常感谢你。可是我们给了小家伙苹果、橘子，还有更稀奇的东西。”男人把纸袋放在柜台上。“生病的孩子说，”他对食品商说，“‘给我曲奇饼，里面有葡萄干的。’苹果、橘子 —— 不管用。就要曲奇饼。对不起了，”那个男人说，“我去连锁店试试。也许**他们**会有曲奇饼，里面有葡萄干的。”

“好吧，我的朋友，”食品商小声说，“好吧，你去连锁店试试 —— 不过他们没有曲奇饼，里面有葡萄干的。没人会有。”

陌生人有些不好意思地从店里离开了。食品商站在他店里的柜台后面，眼睛盯着他的儿子看着，足足有一分钟之久。他忽然开口说起话来，说的是他自己的家乡话，亚美尼亚语。

“这个世界疯了，”他对小男孩说，“光是在俄罗斯，离我们自己的国家、我们自己美丽的小国家那么近的俄罗斯，成千上百万的人，成千上百万的小孩子，每天都在挨饿。他们又冷又可怜，光着脚 —— 他们走来走去 —— 没地方睡觉 —— 他们祷告着想求到一片干面包 —— 想有个地方躺下来歇歇——睡上一夜安稳觉。而我们又怎样呢？我们在干什么？这儿，在加利福尼亚绮色佳，在这个伟大的国家，美国。我们在干什么？我们穿的是好衣服。我们每天早上一觉醒来，穿的是好鞋子。我们走来走去，街上没有人拿着枪过来，或是烧我们的屋子，或是屠杀我们的孩子、弟兄、父老。我们开着汽车，到美丽的乡下去玩。我们吃的是最好的东西。我们每天晚上上了床就睡 —— 可是我们又是什么样子呢？我们不满足。我们**还是**不满足。”食品商怀着对他的小儿子满腔的热爱，把这个惊人的事实大声告诉这个男孩子。“苹果，”他说，“橘子、糖果、香蕉，看在上帝分上，小家伙，不要这个样子！如果我这个样子，你是我的儿子，比我更好，所以你一定不可以这样。快活些！快活些！我不快活，可是**你**一定要快活。”他朝店里通向室内的后门指着，小男孩乖乖地、一脸严肃地离开店堂，走进屋内去了。

食品商过了好一阵子才让自己定下心来。后来，他终于觉得自己已经平静下来，可以平心静气地跟店里的顾客尤利西斯 · 麦考利说话了。他朝男孩子转过身来，尽力想显得开心的样子。他甚至露出了笑容。“你要什么，尤利西斯你这小家伙？”他说。

“麦片粥。”尤利西斯说。

“你要哪种麦片粥？”食品商说。

“H–O[1]。”尤利西斯说。

“有两种 H–O 的，尤利西斯小家伙，”食品商说，“普通的一种，速制的一种。两种。慢的、快的。老的、新的。你妈妈要的是哪一种，尤利西斯小家伙？”

尤利西斯想了一会儿，又说：“H–O。”

“老的那种还是新的那种？”食品商说。

可是小男孩不知道，于是食品商只好替他拿主意了。“好吧，”他说，“新的那种，时髦的。请付一毛八分钱，尤利西斯小家伙。”

尤利西斯张开拳头，把胳膊朝食品商伸过去，食品商从孩子手里拿过那个两毛五的硬币。他把找头递给尤利西斯，一边说：“一毛八，一毛九，两毛，再加一个五分的硬币 —— 正好两毛五。谢谢你，尤利西斯小家伙。”

“好的，先生。”尤利西斯说。他拿了那包燕麦片，走出了店门。要想理解任何事情，可真是非常不容易。先是树上的杏子，随后是里面有葡萄干的曲奇饼，然后又是食品商对他儿子用陌生的语言说话 —— 不过即使如此，还是棒极了。小男孩在街上抬脚朝上踢，每当他觉得高兴的时候，他都会这么做的。他拿着从食品商那儿买来的那包燕麦片，开始跑着回家去。

① 商品的品牌。

# 第二十六章

## 凡事总有痛苦的一面

麦考利太太在厨房的桌子上放了一副餐具，等她的儿子荷马来吃早饭。她刚放下一碗麦片粥，他就进了厨房。她很快瞥了他一眼，可是就这么已经看得出来，昨夜梦境的奇怪的经历还在影响着他的情绪。尽管他不知道自己在睡梦中哭过，可是他精神很压抑，就像一个男子汉经历了悲伤之后那样压抑。就连他的声音也变得更深沉、更温和了。

“我原来不打算睡得这么晚的，”他说，“都快九点半了呢。那只闹钟怎么了？”

“你干活儿干得很累，”麦考利太太说，“你该好好休息，”

“我干活儿不怎么累，”荷马说，“再说了，明天是礼拜天。”他念了晨祷，可是这一回觉得好像比往常长了一倍。接着他拿起了调羹，刚要吃东西，却又停了下来，神情古怪地仔细盯着调羹看。他又朝他的母亲看看，她这会儿正在厨房的水槽那儿忙着。“妈？”他说。

“什么事，荷马？”麦考利太太说，可是并没转过身来。

“昨晚下班回来，我没跟你说什么，”他说，“因为正像你说的那样，我**说不出**什么话来。昨晚回家的路上，我忽然哭起来了。你知道我小时候，或是上小学的时候，遇上不顺心的事，我从来都没哭过。我总是觉得哭太丢人了。就连尤利西斯也从来都不哭的呢，因为——嗨，哭有什么用呢？可是昨天晚上，我实在忍不住了。我哭了，可是我连自己有没有觉得丢人都不记得了。我大概根本没那么想过。我一哭，就不愿意直接回家来。我骑车去绮色佳酒厂了，随后，因为我还在哭，我就骑车穿过市区到高中去了。去那儿的路上，我骑车经过了一幢房子，那天晚上早些时候，那幢房子里还有聚会来着——那会儿房子里一片漆黑。我给那些人送去了一封电报。你知道那是一份什么样的电报。随后我又骑车回城里来，在大街上兜来兜去，看看这，看看那的——所有的房子，所有那些我生来就熟悉的地方，到处都有很多人住着。然后我才看清了绮色佳，才真正了解住在绮色佳的人，都是好人。我为他们所有的人感到难过，我甚至祈求上帝，不要让什么不幸降临到他们头上。这以后，我才不再哭了。我本来以为一个人成年以后永远不会再哭的。可是现在看来，那才是一个人开始成长的时候，因为那时候他开始发现事物的真相了。”他停了一刻，随后他的声音变得比先前更加沉重了。“一个人所发现的一切几乎都是不好的、伤心的，”他说。他等了一会儿，想听听他母亲有什么话说，可是她没说话，继续干着活，连身也没转过来。“为什么会这样的呢？”

麦考利太太还是没转过身来，可是开口说话了。“你会明白的，”她说，“没有人可以告诉你为什么。每一个人都是靠自己弄明白的。说它伤心，不管是高尚还是愚蠢，都得那个人自己让它如此的。如果伤心得有意义，充满了美，那也是那个人自己的事，跟他周围的事情没有关系。就是这么回事，管它是不好也罢，是丑恶也罢，是可怜也行—— 总是那个人自己的事，每个人**都是**自己的世界。每个人都是整个儿世界，由他自己按照自己的意愿去整饬，如果他心里有爱，他就给这个世界添上他可以热爱的人类，如果他心里有恨，这个世界上就到处是他必须去恨的人。这个世界就等着住在世上的每一个人去整饬，它就像一张床铺或是同样的所居住的一个家一样，每天早上都被整饬一下—— 始终如一，可是又千变万化。”母亲现在到后面的门廊上去忙了，虽然她儿子看不见她，可是他继续跟她在说话。

“为什么我昨晚在回家的路上哭了？”他说，“我以前从来没有当时的那种感觉。我不明白是怎么回事。后来我不再哭了，可是为什么随后又说不出话来了呢？我为什么会什么话也说不出来——对你？对我自己？”

麦考利太太从门廊上说话，声音非常清晰，他可以听得一字不差。“你哭，是因为你心里有怜悯，”她说，“怜悯，不是对这个人，或是那个受苦受难的人，而是对于一切事物——对于事物的本性的怜悯。人若是没有怜悯之心，就不成其为人，或是还没有真正成为一个人，因为正是怜悯，心里才有医疗伤痛的良药。只有好人才会哭。对于世上的苦难，要是一个人没有为之哭过，那么他就连他脚下踩着的泥土都不如，因为泥土还能养育种子、根须、枝干、叶子和花朵，可是一个人的精神里没有了怜悯，就变得空虚，什么也产生不出来——或是只剩下骄傲，这种骄傲最终会扼杀某些东西——扼杀好的**东西**，甚至扼杀人的生命。”麦考利太太眼下已经回到了厨房的水槽边上，在那儿又干起别的活儿来——连荷马都知道，这活儿是用不着干的。

“凡事总有痛苦的一面，”麦考利太太说，“人懂得了这一点，用不着绝望。善良的人会想法子从痛苦里解脱出来。愚蠢的人甚至都不会注意到这一点，除了他自己身上以外。邪恶的人会加深其中的痛苦，不管走到哪里就把痛苦传播到哪里。不过每一个人都是没有罪过的，因为无论是邪恶的人也好，愚蠢的人也好，善良的人也罢，都不是自己要到这世上来的，也不是独自一个来的，不是凭空而来的，而是从许许多多的世界、从许许多多的人群里来的。邪恶的人并不知道自己的邪恶，所以他们也是无罪的。邪恶的人每一天都应该得到原谅宽恕。他应该得到爱，因为世上最邪恶的人，也有我们每一个人身上的某些东西，而**他**身上的某些东西，我们每一个人身上也都有。他是我们中的一员，我们也有他的一份。我们每个人都不能跟其他的人完全分开。农夫们的祷告也就是我的祷告，杀人犯的罪孽也是我的罪孽。你昨天晚上哭了，是因为你开始懂得这些事情了。”

荷马·麦考利把牛奶倒在碗里的麦片粥上，吃起早饭来。他忽然一下子觉得想吃东西了。

# 第二十七章

## 所有奇妙的错误

尤利西斯·麦考利和他在世界上最好的朋友莱昂内尔·卡波特——那个伟大的莱昂内尔——进了麦考利家的厨房。尽管莱昂内尔比尤利西斯整整大了六岁，他们这份友谊可是挑不出错的。他们走在一起，站在一起，就像最要好的朋友那样。也就是说，他们这样做自然而然，不需要其中任何一位开口。

“麦考利太太，”莱昂内尔说，“我来问问您，尤利西斯是不是可以跟我一起上公宫图树馆[①]去？我得替我姐姐莉莲去还一本书。”

“好的，莱昂内尔，”麦考利太太说，“可是你怎么没跟其

他的人在一起 —— 奥吉啊，阿尔夫啊，夏格啊，还有别的孩子呢？”

“他们—— ”莱昂内尔觉得不好意思，欲言又止。过了一会儿，他又开口了。“他们把我赶走了，”他说，“他们不喜欢我，因为我笨。”他住了声，望着他最好的朋友的母亲。“我并不笨，麦考利太太，你说是不是？”

“对，你不笨，莱昂内尔，”麦考利太太说，“你是街坊上心地最好的男孩子。不过你不要生这些孩子的气，因为他们也都是好孩子。”

“我不生气，”莱昂内尔说，“他们每一个我都喜欢。不过每次做游戏的时候，我出了一点小差错，他们就把我赶走。他们甚至还要咒骂我呢，麦考利太太。‘到此为止了，莱昂内尔。’他们说。而他们这么一说，我就知道我该走了。有时候我玩不到五分钟。有时候我一**上来**就出差错。那么他们就说：‘到此为止了，莱昂内尔。’我甚至都不知道我究竟出了什么错。他们想要我怎么做呢？我就想要知道这个，可是没有人告诉我。每个礼拜六他们都把我赶开。只有尤利西斯一个人老是跟我在一起。他是我唯一的伙伴。可是那些人总有一天会觉得抱歉的。到了那时候，他们会来找我，要我帮忙—— 那么，麦考利太太，

① 原文中莱昂内尔发音不准，把“公共图书馆”(public library) 说成了 pubalicliberry，故有此译。

我会帮助他们的，然后他们就会为他们以前老是把我赶走而感到抱歉了。我可以喝口水吗？”

“当然可以，莱昂内尔。”麦考利太太说。她替孩子盛满了一玻璃杯水，他迫不及待地一下子喝了下去，喝的时候发出的那种声音，正是把水看作世上最好的饮料的男孩子所会发出的。

莱昂内尔朝他的朋友转过脸来。“你是不是也想喝杯水啊，尤利西斯？”

尤利西斯点点头，表示他也想喝杯水，于是麦考利太太也递给他一杯。他一下子喝干了之后，莱昂内尔说：“好了，我想我们现在要去公宫图树馆了，麦考利太太。”两个朋友走出了屋子。

荷马·麦考利一边吃着早饭，一边看着他的小弟弟。两个男孩子离开之后，他跟麦考利太太说：“马柯斯小时候跟尤利西斯像不像？”

“你指的是哪方面？”麦考利太太说。

“你知道，”荷马说，“就像尤利西斯那样 —— 对什么事情都感兴趣，老是仔细看这个看那个的。不怎么说话，可是不管什么事他总是觉得津津有味。好像随便谁他都喜欢，而人家也都喜欢他。他还不知道太多词汇。他还不识字，可是你只要看看他，几乎总是能明白他的意思。即使他一声不吭，你也总能明白他想要跟你说什么。马柯斯是不是也是这样？”

“是啊，”麦考利太太说，“马柯斯跟尤利西斯是兄弟，尤利西斯当然有些像马柯斯，不过他们并不**完全**一样。”

“尤利西斯将来有一天会成为一个了不起的人物的，妈，对不对？”荷马说。

“不会，”麦考利太太微笑了。“不会，我觉得不会——至少在世上人们的眼光里不会——不过他当然会变得很了不起的，因为他现在就很了不起啊。”

“马柯斯小时候也很了不起，是不是？”荷马说。

“当然，你们几个都有很多相像的地方，”麦考利太太说，“不过也不是太多。马柯斯不像你这么坐立不定。当然他也很好动，可是他有他自己的方式。他比较害羞，宁可一个人呆着，也不会像尤利西斯那样，出去找他可以观察的人。马柯斯喜欢看书，听音乐，静静坐着，或是出去散步，走上好长的路。”

“噢，”荷马说，“尤利西斯肯定像马柯斯。”

“尤利西斯什么人都喜欢，”麦考利太太说，“世上的人他没有不喜欢的。”

“当然，”荷马说，“可是他特别喜欢马柯斯，而且我还知道为什么，那是因为马柯斯即使参了军，可是他还是一个孩子。我想，一个小孩子总是在他所遇见的所有人当中去寻找别的小孩子。如果他在一个大人身上找到了小孩子，我想他一定特别喜欢这个人，胜过所有其他的人。我真希望我可以按照尤利西斯做一个小孩子的方式长大成人。我想，我羡慕他，要胜过世界上除了我们一家人以外所有其他的人。他有没有告诉你他昨天发生的事？”

“他一个字也没跟我说，”麦考利太太说，“是奥吉来告诉我们的。”

“噢，”荷马说，“我从电报局把他送回家来以后，他进屋子的时候说了什么没有？”

“他什么也没说，”麦考利太太说，“他只是坐下，听听音乐，随后我们吃晚饭。我送他上床的时候，他说了句：‘大克里斯。’就这么一句，随后他就睡了。后来奥吉告诉我了，我才知道大克里斯是什么人。”

“是大克里斯把尤利西斯从那个夹子里弄出来的，”荷马说，“然后他为了那个荒唐的发明，还付了科文顿二十块钱，因为弄坏了。那东西本来**算是**一架捕兽器，可是我觉得那个玩意儿不行。我看除了尤利西斯，世界上随便什么人、随便什么**东西**它都逮不住。没有什么动物会钻进那么复杂的一件东西的。尤利西斯像谁呢——最最像的是谁呢？”荷马说。

“他像他父亲。”麦考利太太说。

“爸爸小时候你就认识他？”荷马问。

“天哪，当然不认识！”麦考利太太说，“我怎么会呢？你父亲比我大七岁。尤利西斯像你父亲，是像你父亲生前**一贯的**样子。”撇开她所有的经历和遭遇，撇开她可能还会遇上的事，麦考利太太心里忽然洋溢着一种满满的幸福感。“哦，我运气很好，”她说，“我很感恩。我的孩子们不仅是孩子，也都是真正的人。他们本来很可能只是孩子而已，那么我的运气可就不是这么好了。昨天晚上你哭了，因为你是一个真正的人，因为你是这个世界上千百万人中的一员，因为生活的全部冒险对你说来已经开始了—— 这个世界上满满的到处都是不容易理解的事—— 有些是好的，有些是坏的，有些是美的，有些是丑的，有些是仁慈的，有些是残酷的，可是这些事凑到一起，就成了一件事:这个世界，以及住在世上的人的生活。”她停了停，看看她儿子。“你昨天晚上**睡着了**还在哭呢。”

“我哭过？”荷马说。他觉得真奇怪，他自己居然不知道。

“是啊，”麦考利太太说，“你把尤利西斯哭醒了，他过来把我叫醒了。我听见你哭了，可是其实哭的并不是你。”

“这话是什么意思？”荷马说。

“我熟悉你那种抽泣，”麦考利太太说，“我以前曾经听到过。你不是那种哭法。没有一个男人会那么哭。那是整个世界在哭。你体验到了世界上的悲哀，你现在上路了，所以所有的错误都会在前方等着你—— 你必须去犯，也会去犯的所有奇妙的错误。现在是大白天，你正在吃早饭，我就跟你说说这些事，到了晚上舒适的黑暗里，我们当中的任何人可能就不那么愿意讲了，因为眼下你刚从睡梦和悲伤中醒来，也因为我**必须**跟你讲。不管你必须去犯的那些错误怎么样，不要害怕犯这些错误，也不用害怕犯更多这样的错误。相信你的心，一颗善良的心，是正确的，只管往前走——不要停下。如果你摔倒了，被别人骗了、绊倒了，或是被你自己骗了、绊倒了，站起身来，不要回头。多少回你会大笑，多少回你会流眼泪，可是你永远会有哭也有笑。在你的一生当中，你不要让自己有一刻卑鄙、小气、猥琐的时候。你永远不要让那些东西占了你的上风—— 你的精神太敏捷，这些东西太渺小—— 太微不足道，不值得进入你的视线之内。”

麦考利太太微笑着站在她儿子身边，觉得有点尴尬，有点不好意思。“我很抱歉，”她说，“我老是不管白天黑夜跟你讲这些本该每个人自己告诉自己的事，不过我知道你是会原谅我的。”

听到这里，荷马唯一能够说的就是 :“唉，妈。”他说着就从桌边站起身来，一跛一跛朝窗口走去。他从那儿望着外面的空地，看着奥古斯特 · 戈特利布跟他的伙伴们正在进行一场足球赛。

“你的腿怎么啦？”麦考利太太问。

“没事，”荷马说，“我摔了一小跤。”他没有朝她转身，继续说了下去。“你知道的，妈。我想你大概是天底下最最了不起的人。”他看到足球赛里发生的事，笑了起来。“奥吉正要再一次持球触地了，”他说，“我再也不去玩了，”他说下去，“我要去电报局了。我已经跟他们说过，他们需要我的时候，我就会过去的。”他刚转身要走，又站定了脚。“噢，对了，妈，”他说，“我差点忘了。格罗根先生—— 你知道，就是那个值夜班的报务员—— 嗯，你昨天让贝思送来的三明治，他吃了一个。他让我谢谢你。那么妈，我就替格罗根先生谢谢你啦。”

荷马离开了家。她母亲听见他把自行车朝地上顿了几下，看看轮胎里的气是不是足，随后她看见他绕过屋角，往电报局去了。她这会儿转过身来对着他刚才在桌边坐的椅子，看见马太·麦考利坐在那儿。他仔细看着调羹，那神情跟他儿子荷马完全一样。过了一会儿他抬起头来。

“凯蒂？”他说。

“怎么啦，马太？”凯蒂问。

“凯蒂，”马太说，“马柯斯就要上我这儿来了。”

一阵沉默。

“我知道，马太。”凯蒂说，随后她转身干她的活儿去了。

# 第二十八章

## 在公共图书馆

莱昂内尔和尤利西斯这两个好朋友向公共图书馆走去。在他们前面的一个街区，一行出殡的队伍从绮色佳第一长老会教堂里走了出来。抬棺材的人把一具朴素的棺材放上了一辆旧的帕卡德①灵车。两个男孩子还看到棺材后面跟着为数不多的几个送葬的人。

“快来，尤利西斯，”莱昂内尔说，“是葬礼！有人死了。”莱昂内尔牵着尤利西斯的手，他们跑了起来，没多久他们就到了出殡场面的中心。

“那就是棺材，”莱昂内尔小声说，“死人就在里面。我要是知道死的是谁就好了。看那些鲜花。人死了，他们就会送花。

你看他们在哭。那些是认识他的人。”

莱昂内尔转身对着一个哭得不怎么厉害的男人。这个人擤了擤鼻子，用手帕抹了抹眼角。

“死的是谁？”莱昂内尔问那个男人。

“是可怜的小驼背，强尼·梅里韦瑟。”男人说。

莱昂内尔转过脸来对着尤利西斯。“是可怜的小驼背，强尼·梅里韦瑟。”莱昂内尔说。

“七十岁了。”那个男人说。

“七十岁了。”莱昂内尔告诉尤利西斯。

“在大马路的马里坡萨拐角上卖爆米花的，卖了三十年了。”男人说。

“是个卖爆米花的，在拐角上——”莱昂内尔忽然住了声，看着那个男人。他几乎是放声大叫起来。“你是说那个卖爆米花的？”莱昂内尔问。

“是啊，”男人说，“强尼·梅里韦瑟——他去安息了。”

“我认识**他**！”莱昂内尔大声说，“我在他那儿买过好多次爆米花！**他**死了？”

“是啊，”男人说，“他安静地死了。是睡着了的时候死去的。回到他的创造者[②]那儿去了。”

---

① 帕卡德（Packard），上世纪美国豪华汽车品牌之一，生产年份为1900至1958年，后来因经营不善而关门大吉。

② 指上帝。

“我认识强尼·梅里韦瑟！”莱昂内尔说着，几乎要哭了。“我原来不知道他名叫强尼·梅里韦瑟，可是我认识他的。”

莱昂内尔转身抱住他的朋友尤利西斯。“是强尼，”他快要流眼泪了。“强尼·梅里韦瑟，回到他的创造者那儿去了。他是我最好的朋友之一，去安息了。”

灵车开走了，没过多久，教堂前面就只剩下莱昂内尔和尤利西斯两个人了。对莱昂内尔说来，他好像觉得不该就此离开这个地方，因为他就是在这儿知道了那个死去的人，那个躺在棺材里的人，是他所认识的一个人，尽管他以前从来都不知道他名叫强尼·梅里韦瑟。不过后来他终于觉得，他不可以永远站在教堂前面，即使他曾经多次从强尼·梅里韦瑟那儿买过他的爆米花——所以他一边心里想着爆米花，几乎都好像能重新感觉到它的滋味，一边跟他的朋友尤利西斯一起，沿着大街，继续向公共图书馆走去。

两个男孩子走进这幢规模不大可是引人注目的建筑，里面一片肃静、深沉，几乎有点吓人。就连墙壁，还有地板和桌子，都变得鸦雀无声了，好像这种寂静已经笼罩住了这栋建筑里所有的东西似的。有些老先生在看报纸。有些小城里的哲学家还有高中的男女生在查书，可是每个人都默默无声，因为他们正在寻求智慧。他们亲近书本。他们希望有所发现。莱昂内尔不仅说话声音很小，甚至踮起脚尖走路。莱昂内尔之所以小声说话，是因为他印象中应该向书本表示敬意，倒不是为了照顾那些看书的人。尤利西斯跟在他后面，也是踮起脚走路。他们在图书馆里探索着，两个人都发现了许多宝藏，莱昂内尔发现的—— 是书本，尤利西斯发现的—— 是人。莱昂内尔还不能看书，他到公共图书馆来，并不是来找书给自己看。他只是喜欢**看到**书本—— 有成千上万册呢。他把一整排放在书架上的书指给他的朋友看，随后他小声说："所有这些—— 还有这些。还有这些呢。这儿有一本红色的。所有这些。那儿有一本绿的。所有这些。"

老图书管理员伽勒盖尔太太终于注意到了这两个男孩子，朝他们走了过去。不过她说起话来倒没有放低声音。她放开喉咙说话，好像她根本不在公共图书馆里似的。莱昂内尔大吃一惊，有几个人从他们看的书页上抬起头来。

"你们在找什么，孩子？"伽勒盖尔太太问莱昂内尔。

"书。"莱昂内尔轻轻地小声说。

"你找的什么书呢？"图书管理员问。

"所有的书。"莱昂内尔说。

"所有的书？"图书管理员说，"你什么意思？你一张卡上最多只能借四本书。"

"我**哪一本**也不要借走。"莱昂内尔说。

"哦，那么你**到底**要找这些书干什么？"图书管理员问。

"我只想看看它们。"莱昂内尔说。

"看看它们？"图书管理员说，"公共图书馆不是为了这个开着的。你可以**打开**书本看看，你可以**看看**里面的图画，可是你光是看看它们的外表，那是为什么呀？”

“我喜欢这么看，”莱昂内尔小声说，“这不行吗？”

“好吧，”图书管理员说，“没有哪条法律不许你这么看。”她又看看尤利西斯。“那么这是谁呢？”她问。

“这儿这个是尤利西斯，”莱昂内尔说，“他还不识字。”

“你呢？”图书管理员问莱昂内尔。

“不识，”莱昂内尔说，“不过他也不识。所以我们两个做了朋友。我认识的男生里面，他是唯一一个不识字的。”

老图书管理员朝这两个朋友看了一会儿，心里咕哝了一句几乎近于咒骂可又不太粗野的话。她在公共图书馆这么多年，这可是一番崭新的经验。“好吧，”她最后说，“也许你们**不识字**也没什么关系。我识字。我以往这六十年里一直在看书，可是我也说不上来这又有多大的区别。你们去吧，随你们高兴，去看看书吧。”

“是了，太太。”莱昂内尔说。

两个朋友走开了，进入了神秘和探险的更大的空间。莱昂内尔把更多的书本指给尤利西斯看。“这些，”他说，“还有那头的那些。还有这些。都是书呢，尤利西斯。”他停下来想了一会儿。“我真想知道所有这些书里说些个什么。”他指着一大块地方，整整堆满了五个书架的书。“所有这些，”他说，“我真想知道它们说些什么。”后来他发现了一本从外面看上去非常漂亮的书。封皮是绿色的，新鲜的青草一样绿。“还有这一本，”他说，“这一本真好看，尤利西斯。”

莱昂内尔把这本书从书架上抽了出来，在手上端了一会儿，随后把它打开，他一边这么做，一边心里对自己所做的事觉得有点害怕。“喏，尤利西斯！”他说，“一本书！就在这儿！看见了吗？里面可说了些什么呢。”随后，他用手指着书里印刷的文字。“那儿有一个字母‘A’，”他说，“就在那儿有一个‘A’。那儿还有另外一个什么字母，可是我不知道那个是什么。每一个字母都不一样，尤利西斯，每一个单词都不一样。”他叹了口气，看看四下里的书本。“我大概永远学不会看书了，”他说，“可是我实在真想知道书里说了些什么。哦，这儿有一幅画，”他说，“画上是个女孩子。瞧见她了吗？她真好看，是不是？”他翻了书里好多页，随后说，“瞧见它了吗？更多的字母，更多的单词，一直到书本的结尾。这里是公宫图树馆，尤利西斯，”他说，“到处都是书。”他怀着一种敬意看看书里的文字，随后好像他在努力阅读那样小声自言自语。然后他摇了摇头。“你不能够知道书里说些什么，尤利西斯，除非你真能读，可是我不能。”他说。

他慢慢地合上书本，把它放回了原处。两个朋友踮起脚尖走出了图书馆。到了外面，尤利西斯抬起脚后跟踢腿，因为他觉得很高兴，也因为他觉得自己好像又学到了什么新东西。

# 第二十九章

## 在客厅演说俱乐部

荷马·麦考利在绮色佳客厅演说俱乐部的门口跳下了自行车。俱乐部的房子是一幢十字型的白色建筑，位于一栋殖民地时期的房屋和一座新英格兰风格的教堂之间。这时正是下午两点三十分,这个礼拜六下午的演说快要开始了。因此,一群奇特、丰满、神情恍惚的中年女士高高兴兴地走进了这幢房子，她们当中的大多数已经是母亲了。 投递员从帽子里拿出了一份电报，仔细看了看。电报是发到加利福尼亚州绮色佳的绮色佳客厅演说俱乐部、给罗莎莉·西姆斯·皮博迪的。面交本人。

投递员走进大厅的时候，俱乐部的主席，一位五十出头、讨人喜欢、身材圆润的女士正打算把演讲者介绍给大家，可是这位演讲者还没有露面。俱乐部主席用一把小小的核桃夹子在桌子上敲了几下，大厅里的听众才渐渐安静下来。荷马·麦考利因为要找到罗莎莉·西姆斯·皮博迪，不得不弄出些动静。这么一来，一位体重大约一百六十磅、妩媚地微笑着的女士对他嘘了一声，要他安静下来。

"我有一份电报要送给罗莎莉·西姆斯·皮博迪，"荷马小声说，"这份电报必须面交她**本人**。"

"是罗莎莉·西姆斯-**皮比提**，"那位女士纠正了投递员。"对了，罗莎莉·西姆斯-皮比提正盼着这份电报呢。你等她在台上露面后再上去交给她吧。"

"那得等多久？"荷马问。

"一会儿就要上台了，"那位女士说，"坐下来等着就是。等罗莎莉·西姆斯-皮比提出来之后，你直接跑到台上去，清清楚楚地叫一声：'罗莎莉·西姆斯-皮比提，有您的电报！'不是**皮博迪**，孩子。"

"好的，太太。"荷马说。投递员坐了下来，那位妇女踮着脚尖走开了，为自己完成了一件重要的工作而露出了自豪的微笑。

"绮色佳客厅演说俱乐部的会员们，"俱乐部主席开始讲话了。"今天下午，"她继续说下去，"我们非常荣幸，能有机会请到了罗莎莉·西姆斯-皮比提为我们作演讲。"俱乐部主席在宣布这个名字之后停了一停，为例行的鼓掌留出时间。掌声停下后，她继续说下去。“我没有必要告诉你们罗莎莉·西姆斯–皮比提是谁了，”她说，“因为她是国际知名的——当代伟大的女性之一。我们大家都熟悉她的名字，我们大家都知道她非常有名。可是我不清楚，诸位是不是知道她**为什么**会如此有名。”俱乐部主席对这个问题作了回答，“恐怕诸位还不太清楚，”她说。接着，她在她的听众、加利福尼亚州绮色佳的妇女们中间四下环顾了一下，看看她的朋友们，随后说起了这个伟大人物的传奇故事。“罗莎莉·西姆斯–皮比提的故事，”俱乐部的主席说起这个故事，就好像它可以与《奥德赛》[①]的故事不相上下、毫不逊色似的，“对妇女们说来**尤其**惊心动魄。西姆斯–皮比提——她更愿意大家这样称呼她——她的一生充满了冒险经历、风流韵事，充满了惊险和美，然而今天，她只是一位美貌绝伦的英国**姑娘**——而与此同时，她又是一位意志比大多数男人还要刚强的姑娘。事实上，很少有男人经历过像西姆斯–皮比提这样的冒险生活。”

这时，绮色佳客厅演说俱乐部主席在继续讲述着这位伟大的女英雄的传奇故事的时候，声音里流露出一丝淡淡的悲哀。“对我们来说，”她沉重地说，“我们这些家庭妇女们、母亲们、所谓把孩子们抚养成人的人，西姆斯–皮比提的生活就像一场梦——**我们自己**的梦——我们每一个足不出户、生儿育女、

① 《奥德赛》，一译《奥德修纪》，是古希腊的两大史诗之一，相传为盲诗人荷马所作。

料理家务的人所没有实现的梦。她的生活，就是我们每一个人只要有这份胆量的话都**想要**经历的美梦，可是命运并没有照顾我们，为我们安排这样的冒险经历，在这个世界上，只有唯一的一位西姆斯－皮比提。独一无二！”

俱乐部主席又停了一停，朝听众席上她的老朋友们的脸庞看看。“西姆斯－皮比提究竟做了什么，”她说，“使她在妇女当中如此绝无仅有呢？嗯，”她继续说，“她的奇遇是多得惊人的。我跟大家历数她的这些奇遇的时候，你们会觉得难以相信，一个女人有这样的经历，居然还活到今天。可是她的确活得好好的，而且还要在这里跟我们讲话呢。西姆斯－皮比提跟我们讲话，用的是很普通的语言——这种语言，对我们当中的某些人说来，可能会让我们震惊。不过还是让我先把她的奇遇综述一下——只是扼要说一说——因为如果详细说来，会花去整整一个白天，甚至再加上整整一个晚上，因为对西姆斯－皮比提说来，**每一天**都是一番新的冒险。她无论到哪里都能**创造**奇遇，而我们可以肯定，在她离开我们这个不知名的小城绮色佳之前，她将会发现我们自己一无所知的事情。不过还是先说说她的奇遇吧。

“从 1915 年到 1917 年，西姆斯－皮比提在前线开救护车——不过那是上一次战争。从 1917 年到 1918 年，她和另一位姑娘周游了世界——她们乘过不定期的货船，坐过牛车，她们徒步、骑马、乘车，在许多陌生的地方生活过——有时甚至住在原住民的茅草房里。她访问过二十七个不同的国家。她当过中国南方军队的俘虏，那是在她企图坐舢板和轿子横越大陆，从广州去汉口的时候，”俱乐部主席停了一下，玩味着这两个神奇的地名，接着几乎用耳语又重复了一遍，“广州和汉口。西姆斯–皮比提趁雨季没有其他小船在西安的河上航行的时候，飞速穿过西安河上的瀑布，从俘虏她的人手里逃了出来。

“1919 年，她横贯北非，从摩洛哥到了阿比西尼亚[①]。1920 年，她在叙利亚的谍报机关供职。在大马士革[②]，她遇见过费萨尔国王[③]，国王帮助她去库法拉[④]探险。库法拉这个地方以前从来没有白人到过，是狂热的赛努西教派[⑤]秘密而神圣的首都，深处利比亚沙漠的中心。西姆斯–皮比提乔装成埃及女人，骑在骆驼背上走了一千英里，她的旅伴全是不会说英语的粗鲁的土著。”说完这句，绮色佳客厅演说俱乐部的主席抬起眼睛，朝她最亲密的两个朋友看了一眼。荷马·麦考利心里纳闷儿，不知她看那一眼究竟是什么意思，也不知道她谈论这位令人难以置信的神奇人物罗莎莉·西姆斯–皮比提究竟还要多久。

“1923 年，”讲话的人继续说，“西姆斯–皮比提跟着一船阿拉伯水手，驾驶着一条二十吨的三角帆船[⑥]在红海上航行了

---

① 阿比西尼亚（Abyssinia），东非国家埃塞俄比亚的旧称。
② 大马士革（Damascus），叙利亚的首都。
③ 此处所说的费萨尔国王（King Feisal）当为费萨尔一世（1885–1933），他于 1920 年成为叙利亚阿拉伯王国国王，于 1923 年至 1933 年任伊拉克国王。
④ 库法拉（Kufara），埃及地名。
⑤ 赛努西教派（Senussi Sect），是北非的一个伊斯兰教派别，于 1837 年为阿尔及利亚人阿尔–赛努西（Muhammad ibn Ali as-Senussi, 1787–1859）所创立。
⑥ 三角帆船（dhow），阿拉伯、印度、东非沿岸航行的一种单桅或双桅帆船。

十四天，来到禁港杰赞[①]。这一次，她乔装成阿拉伯女人。1925年，她攀登了摩洛哥的阿特拉斯山脉。1926年，她徒步一千一百英里，穿越阿比西尼亚——也许是世界纪录。”接着，绮色佳客厅演说俱乐部的主席带着一种对自己、对她在绮色佳的朋友们不胜轻蔑的口吻说，“而我们呢？就连从戈茨粉笔厂到罗丁公园这么短短的一段路程，我也不知道我们是不是曾经高高兴兴地去走过呢？”她叹了一口气，接着，因为她自己也不知该怎么回答这个问题，便说出这么一句话来，“这可能对我们有好处。”她又回到介绍当天的演讲人的这件事上来，查找手里的小笔记本看看讲到了什么地方。

“让我们接着说下去，”她说，“在1928年，西姆斯－皮比提为一家伦敦的报纸报导巴尔干半岛，一阵子装扮成某一个国家的土著女人，下一阵子又装扮成另一个国家的土著女人。”

荷马·麦考利等得焦躁起来，觉得很厌烦，只想赶快回电报局去干他的活儿。他纳闷儿，“她为什么老是要乔装改扮呢？”

绮色佳客厅演说俱乐部的主席继续作她的介绍。“1930年，”她说，“西姆斯－皮比提作了一番令人兴奋的旅行，横穿土耳其，在那儿见了穆斯塔法·基马尔[②]，一个土耳其人。在那儿，西姆斯－皮比提又乔装成一个来自山区的土耳其姑娘。

① 杰赞（Jeizan），如今通常拼作 Jizan，为沙特阿拉伯西南角的一个港口城市，毗邻也门。
② 穆斯塔法·基马尔（Mustapha Kemal, 1881–1938），一译“凯末尔”，土耳其共和国的缔造者、第一任总统（1923–1938）。

她骑马旅行了九千多英里，一路走过近东[1]。在阿塞拜疆[2]，她目睹了共产党红军和高加索农民举行的暴动。1931 年，她在南美旅行，到巴西丛林里去探险，只有当地的土人与她结伴同行。他们当中有一个人的名字，我知道——是西姆斯－皮比提本人说的——叫麦克斯。”绮色佳客厅演说俱乐部主席的介绍词就要结束了。她叹了口气说，“但是，西姆斯－皮比提的冒险经历是说不完的。你们想要见到、听到的是**她**，不是**我**。”说了这句非常谦逊的话，这个了不起的俱乐部的了不起的主席神经质地扑哧笑了一声。听众席上她的朋友们也发出了一阵同情而真诚的笑声。等听众席上差不多重新安静下来之后，主席以坚定而戏剧化的声音说："作为绮色佳客厅演说俱乐部的主席，我非常荣幸，能够向大家介绍—— 罗莎莉·西姆斯－皮比提！”

这一次，掌声十分热烈。俱乐部主席转过脸去看看讲台的左右两侧，想招呼那位显赫的贵宾。可是天哪，那位客人却不见踪影。听众们利用这个耽搁的机会，鼓掌鼓得更加热烈。掌声持续了大约足足两分钟—— 在这两分钟里，好几位女士后来声称她们的手也拍疼了—— 这位伟大的女士终于登台露面了。

荷马·麦考利本来预料会看到一个与他生来所见到的所有的女人都不一样的人。他想象不出来，这样一个人物究竟会是

① 近东(Near East)，通常指地中海东部沿岸地区，包括非洲东北部和亚洲西南部，有时还包括巴尔干半岛。
② 阿塞拜疆（Azerbaijan），欧洲东南部国家，与伊朗毗邻。

个什么模样，不过他断定，那副模样至少也该是很有趣的——果然如此。说得简单些，罗莎莉·西姆斯-皮比提是个彪悍的老婆子，长了一张马脸，一副性饥渴的样子，高个儿，皮包骨，形容枯槁，瘦骨支离，荒唐可笑，而且不修边幅。这是荷马该送上电报的时候了，所以他便站起身来，不过他也拿不准自己是不是因为大吃一惊才站起身来的。说来奇怪，他并没有按照人家关照他的那样，跑上台去送电报。

这会儿，那位刚才嘱咐他如此这般的好太太冲了过来，还没等他明白是怎么回事，她已经把他推到走道上，用每个人都听得见的音量对他耳语说："是时候了，孩子——是时候了！把电报送上去！"

台上那位伟大的女士假装没有注意到台下的骚动。"女士们，"她开始讲话了，"绮色佳客厅演说俱乐部的会员们——"她的声音和她本人一样单调乏味。

荷马·麦考利急急忙忙走上台去，用非常清晰的声音通报说："罗莎莉·西姆斯-皮比提有份电报！"

伟大的女士停止了演讲，转过脸来望着投递员，好像他的出现完全是偶然的。"喂，孩子，"她说，"我就是罗莎莉·西姆斯-皮比提！"她回头往听众席上瞥了一眼，说："请原谅，女士们。"她签了名，从投递员手里取过电报，然后给了他一个一毛钱的硬币，一边说："孩子，这是赏你的。"

对荷马来说，这很不好受，可是与此同时，所有的一切都如此滑稽可笑，如此令人摸不着头脑，所以他也没顾得上拒绝她。他接过小硬币，很尴尬地匆匆下了台，走出了那栋房子。他急急忙忙离开的时候，他还听见了那个女人的开场白。

“且说，在 1939 年，”她说，“在这次新的大战爆发的前夕，我恰巧在巴伐利亚[1]执行一项秘密任务，乔装成一个阿尔萨斯[2]的挤奶女工。”

到了大街上，荷马看见亨利・威尔金森坐在人行道旁。此人年轻的时候在一次火车事故中失去了双腿。三十年过去了，如今他老是把一顶帽子放在膝上，帽子里面放着铅笔。荷马不知道他叫什么名字，可是从小就看见这个人。不知道是什么缘故，荷马从来没有上他这儿来买过一支铅笔，或者往他的帽子里投过一个硬币。罗莎莉・西姆斯-皮比提给他的那个一毛钱的硬币，已经成了他想摆脱掉的东西。所以，荷马一看见亨利・威尔金森，就把那个硬币扔进了他的帽子，然后急急忙忙地走到他的自行车旁。他已经一个箭步上了车，在街上骑了二十码远，这时才断定自己刚才做错了事，于是他又转过身来，急匆匆地骑了回去，把车放在人行道上，跑到那位三十年前失去了双腿的男人跟前。这一次，荷马往他的帽子里投进了个二毛五分的硬币——这是他自己的钱。

---

① 巴伐利亚（Bavaria），德国东南部的一个州，首府为慕尼黑。
② 阿尔萨斯（Alsace），法国东北部的一个省份，与德国接壤。

# 第三十章

## 梅凯诺先生[①]

图书馆的一番经历之后，莱昂内尔和尤利西斯继续探索绮色佳。太阳下山的时候，他们发现自己站在一小群无所事事的人和过路者的前面，跟他们一起看着一家三流的药房橱窗里的一个男人。他**确实**是一个真的人，可是动作却活像一台机器。不过他看上去不像是血肉之躯，而更像是蜡做的假人。他不太像人了，实际上倒更像是一具尚能动弹的僵直、尚未入土的尸体。这个男人要算是尤利西斯自打出世四年以来所看到的最不可思议的东西了。他两眼无光，紧闭的双唇好像永远都不会分开似的。

这个男人正在替“布雷德福医师补药”做广告。他在两个画架之间忙来忙去。一个画架上有一块招牌，上面印着：“梅凯诺先生—— 机器人——半为机器半是人。半死不活。若能使之微笑，酬金五十元。若能使之大笑，酬金五百元。”梅凯诺先生从另一个画架前面的一张小桌子上拿起大卡片，放到画架上，举动活像机器。这些卡片上印的都是广告，敦促大家购买布雷德福医师发明的专利药品，从而可以活得更加生气勃勃。每次往画架上放一张卡片，梅凯诺先生就用一支教棒指点着卡片广告上的一个个单词。等到为数一共十张的卡片全部被放上画架之后，梅凯诺先生又把它们全部取下，重新放回桌上，周而复始。

“尤利西斯，这是个人，”莱昂内尔对他的朋友说，“我看得出来，这不是机器，尤利西斯。这是一个男人！你看见他的眼睛了吗？他是个活人，你看出来没有？”

梅凯诺先生刚刚放到画架上去的卡片上印着：“不要半死不活地熬下去。享受人生吧。服用布雷德福医师的补药，你将得到新生。”

“那儿又有一张卡片，”莱昂内尔说，“卡片上还有话呢。”忽然他感到厌倦，只想赶快回家去。“尤利西斯，来，”他说，“我们走吧。我们已经看着他把所有的卡片换了三次了。我们回家

① 梅凯诺（Mechano），杜撰的名字，有“机器人”的意思。

吧。天都快黑了。”他抓起尤利西斯的手，可是尤利西斯把手缩了回去。

“来吧，尤利西斯！”莱昂内尔说，“我得回家去了，我饿了。”可是尤利西斯不愿意离开。他简直好像没有**听见**莱昂内尔的话似的。

“那我走了，尤利西斯。”莱昂内尔发出挑战了。他等着尤利西斯转身跟他一起走，可是那个男孩子一动也不动。这种不讲交情的行为让莱昂内尔又难受又吃惊，于是他起步往家走了，每走三四步就回头看看，看他的朋友到底是不是跟着他来。可是没有，尤利西斯还是要留在那儿看着梅凯诺先生。莱昂内尔一边往家走，一边觉得伤心，“我本以为他是我全世界最好的朋友呢。”他说。

尤利西斯站在那一小群人当中，看着梅凯诺先生。最后只剩下他和一个老头儿了。梅凯诺先生继续把卡片放上画架，指点着每一张卡片上的每一个单词。不一会儿，那个老头儿也走了，只有尤利西斯一个人站在人行道上，抬头看着药房橱窗里的那个怪人。天色渐渐暗了。直到街灯亮起来之后，尤利西斯才从梅凯诺先生的影像让他陷入的迷人的幻境里醒了过来。他先前几乎是被这个人的影像催眠入定了。这会儿他从幻境里出来，朝周围看看。白昼已经过去，所有的人都已经走了—— 四下里所剩下的唯一的东西是他不可名状的—— 死亡。

小男孩猛地回过头来看着机器人。这时机器人好像正好也在看着**他**。一阵强烈的恐惧感猛地袭上男孩子的心头。他忽然拔腿奔跑起来。街上寥寥无几的行人这会儿好像跟梅凯诺先生一样，看上去也是死人。他们忽然变得丑恶，一点也不像他们向来那样美丽了。尤利西斯跑呀跑呀，一直跑到精疲力竭。他站住脚，喘着粗气，几乎要哭了。他看看四周，觉得所有的事物都深沉寂静得令人毛骨悚然—— 这是对梅凯诺先生的恐惧—— 也是对死亡的恐惧！他以前还从来没有体验到**任何**一种恐惧，更不用说眼下的这种恐惧了，这是世上叫他最不知所措的困难的事。他完全失去了平静—— 这种平静已经被赶上前来捉牢了**他**的恐惧所驱散了，他又开始奔跑起来。这一次，他一边跑，一边差不多是哭哭啼啼地自言自语："爸爸，妈妈，马柯斯，贝思，荷马！爸爸，妈妈，马柯斯，贝思，荷马！"

这个世界确实很神奇，确实充满了值得再三观赏的美好事物。可是这会儿，他却必须从这个世界里逃出去，只是他不知道该朝哪个方向逃。他只想赶紧回到他家里随便哪一个人的身旁。他又站住了脚，心里害怕极了，他先朝一个方向走了几步，然后又朝另一个方向走了几步，心里觉得他周围发生了一场令人难以相信的大灾难，而他只有回到他的父亲、他的母亲、他的一位哥哥或者他的姐姐身旁，才能够避开这场灾难。可是，虽然他现在看不见他们当中的任何一个人，他却看见了他街坊里小帮派的首领奥古斯特·戈特利布远远在大街的另一头。这个报童正站在一个人迹稀少的大街拐角上，大声念着新闻的大标题，就好像他周围挤满了人，而他们必须被告知那天世界上发生了什么事似的。奥古斯特·戈特利布老是觉得把头条新闻直着嗓门大声叫出来有点儿荒唐可笑，因为：第一，头条新闻总是和这样或那样的凶杀有关；第二，他觉得在绮色佳街上的人群里，提高嗓门叫喊着走来走去，实在太不像话了。因此，当报童发现街上终于已经没有什么行人的时候，觉得很高兴。每当街上绮色佳的人都走光了，奥古斯特·戈特利布便不知不觉会扯高了嗓门，比平时更响亮地报出当天悲惨的新闻，好像他对于自己成了城里几乎是独一无二的居民而感到谢天谢地似的。一个人又能拿新闻怎样——卖一份报纸，挣几个小钱？那就是他力所能及的事吗？他把当天那些千差万错的消息大声嚷嚷出来，好像是什么快乐的消息似的，这难道不愚蠢吗？而人们对于每天的新闻的性质总是如此一贯地无动于衷，难道不觉得可耻？有时候，报童甚至睡着了还梦见自己在大声报道世界上的头条新闻，可是在内心的体验中，他对新闻的性质总有一种嘲弄和轻蔑的心情。当他在大声嚷嚷的时候，总觉得自己高高在上，在他脚下，是忙于做错事、行凶作恶的芸芸众生。可是这些人一听到他的大声呼唤，就洗手不干了，抬起头来望着他，于是他总是大声嚷嚷说："现在回去吧，回到你们该待着的地方去！不要再杀人了！还是去种树吧！"他对于植树向来情有独钟。

尤利西斯一看见奥古斯特·戈特利布站在大街拐角的地

方，心里的恐惧就几乎烟消云散了。他开始感到，用不了好多年的时间，他就可以再一次在这个世界上找到善和爱了。小男孩想要朝奥古斯特·戈特利布大声呼唤，可是他喊不出声音来。于是他便拼命向报童跑去，使劲把奥吉一把抱住，差点儿没把他给撞一跤。

"尤利西斯，"报童说，"怎么回事？你哭些个什么呀？"

尤利西斯抬头看看报童的眼睛，可是他还是说不出话来。

"你是被吓着了，尤利西斯，"奥吉说，"好了，别害怕，没什么可怕的。好了，尤利西斯，别哭了。你不用害怕。"可是男孩子还是抽泣个没完。"好了，别再哭了。"奥吉说，等着尤利西斯停下来。尤利西斯作了很大的努力想不再啼哭，一会儿之后，他的抽泣就有了不太频繁的间隔，每一声抽泣就像打一声嗝。随后，奥吉说："来吧，尤利西斯，我们到荷马那儿去。"

一提到这个名字，他哥哥的名字，尤利西斯就露出了笑容，接着他又像打嗝那样抽泣了一下。"荷马？"他说。

"当然啦，"奥吉说，"你哥哥那儿。来吧。"

这太奇妙了，小男孩简直不相信自己的耳朵，"去看荷马？"他问。

"当然，"奥吉说，"一拐弯就是电报局了。"

奥古斯特·戈特利布和尤利西斯·麦考利走过拐角，到了电报局。他们看见荷马正坐在收发台边。尤利西斯一看到他哥哥，脸上就起了奇妙的变化。他眼神里的恐惧完全消失了，因为他现在已经到家了。

荷马看见他弟弟，就站起身来，走到孩子身边，把他抱了起来。他转过脸去看着奥吉，“怎么回事？”他问，“这么晚了，尤利西斯在城里干吗？”

“他大概是迷路了，”奥吉说，“他刚才在哭。”

“哭了？”荷马说着，紧紧地抱了抱他弟弟，这时候尤利西斯刚好又像打嗝那样抽泣了一下。“好了，尤利西斯，”他说，“别再哭了。我骑车送你回家。好了，别哭了。”

电报局的经理托马斯·斯潘格勒坐在他的办公桌前，看着这三个男孩子。老报务员威廉·格罗根也停下了手里的活儿，看着他们。他们也相互对望了几次。荷马把他的弟弟放下地来。尤利西斯走到收发台边，去看那儿的东西了，荷马一看就知道这孩子又恢复正常了。只要尤利西斯对事物发生兴趣，他就一切太平，而他现在又有兴致了。荷马搂着奥古斯特说：“谢谢，奥吉。他要是没找到你的话，可就糟了。”

斯潘格勒起身来到两个孩子身边。“你好，奥吉，”他说，“给我一份报吧。”

“好的，先生。”奥吉说。他正打算开始把报纸折叠成卖出的那个常规，斯潘格勒打断了他，好把报纸在眼前摊开来提着。电报局的经理朝大标题扫了一眼，就把报纸扔进了废纸篓。“生意还好吗，奥吉？”他问。

“还行，斯潘格勒先生，”奥吉说，“到现在为止，我今天已经挣了五毛五分钱了，不过我是今天下午一点开始卖的。等我挣满七毛五分，我就回家。”

“为什么呢？”斯潘格勒问，“你为什么想要挣满七毛五分呢？”

“我也不知道，”奥吉说，“我只是想，礼拜六一天，我应该挣上七毛五分。城里几乎已经没什么人了，不过再过一两个钟头，我大概就能把剩下的报纸全部卖光。再过不多一会儿，人们吃了晚饭，就会回到城里来——那些看电影的人。”

“哎呀，”斯潘格勒说，“让那些看电影的人见鬼去吧。你把剩下的报纸都给我，**现在**就回家。这儿是两毛五。”

尽管小报童对电报局经理的表示非常感激，他还是觉得这有点儿不对劲。卖报一定得一份份地卖，每一份都卖给不同的人，你还一定得站在大街的拐角上，大声念出大标题，让人们**想要**看到新闻才好。尽管如此，他觉得很疲倦，他很想回家吃晚饭，而且他以前也从没见过像斯潘格勒这样的人，所以也许斯潘格勒愿意把报纸一下子都买了去扔进废纸篓，也算是这一整天最大的好消息。不过，把报纸卖给斯潘格勒这样一个大好人，而不是卖给街上那些乌合之众——嗯，也许不全是乌合之众，不过也不管他们是什么人，总是不太对劲。报童觉得他应该对这种买卖方式提出抗议。“我可不想挣你的这两毛五，斯潘格勒先生。”他说。

“没关系，”斯潘格勒说，“把报纸给我，回家去。”

“好吧，先生，”奥吉说，“不过，你以后也许可以让我替你做点事，来偿还这两毛五。”

“当然，当然。”斯潘格勒说着，把报纸扔进了废纸篓。

奥吉转身看看尤利西斯，他这时正在仔细看着收发台上的报话机。“尤利西斯刚才迷路了。”奥吉对斯潘格勒说。

“哦，”斯潘格勒说，“他现在可不再迷路了。尤利西斯！”他叫了孩子一声，尤利西斯转过身来，看着电报局经理。斯潘格勒愣了一会儿，找不到适当的话对尤利西斯说，就说了一句，“你好吗？”尤利西斯也愣了一会儿，也找不出适当的话作答，也只说了一句：“很好。”两个人心里都明白，这两句对话里还包含着别的意思。

荷马心里明明知道不该这么说，却还是说了一声：“他很好。”接着，奥吉是纯粹出于不知所措，把荷马的话又重复了一遍，仿佛他的话里带有一种全新的、奇妙而美好的含义似的。他们都感到有点尴尬，不过又觉得很快活，尤其是斯潘格勒。

在这一番思想交流之后，报务员威廉·格罗根拿出了他的酒瓶，拧开盖子，痛快地喝了一大口。

奥吉转身要回家了，可是荷马拦住了他。“奥吉，等一等，”他说，“我骑车带你回去。斯潘格勒先生，可以吗？我得上绮色佳酒厂去收件，顺路可以回家。假如可以，我就骑车带尤利西斯和奥吉回家，然后再到绮色佳酒厂去收件。你看这样可以吗？”

“当然可以，当然可以。”斯潘格勒说罢，回到他的桌子跟前。他拿起了他那只相信会给他带来好运—— 至少能替他挡开最糟糕的厄运—— 的白煮蛋。

“不用，”奥吉对荷马说，“你不用骑车带我回家。一辆车上带两个人太多了。荷马，我走回去一会儿就到了。”

“我带你回家，”荷马说，“你没一会儿到不了家的。差不多有三英里呢。我能够很轻松地带上你们两个。你可以坐在车架上，尤利西斯坐在龙头上。过来吧。”

三个男孩子走了出去，到了荷马的自行车跟前。载重是很大的，特别是对于一个腿出了毛病的人说来，更是如此。可是荷马还是顺利地把他的乘客载回了家。他们先在埃拉市场隔壁的小屋前停了下来—— 这是奥吉的家。埃拉本人正搀着他的小男孩的手，站在铺子前面。他们仰脸望着天。大街的另一头，空地旁边，麦考利太太正站在院子里的老胡桃树下，把晾在绳子上的衣服收下来。玛丽和贝思正在客厅里弹琴唱歌，钢琴声和玛丽的歌声隐约传来。

奥吉从自行车上下来，进了家门。荷马在街上站了一会儿，手扶着自行车，仰脸看着天，又看看远处麦考利家的房子。随后奥吉走出屋子，走到食品商埃拉身边。

“埃拉先生，今天生意好吗？”奥吉问食品商。

“谢谢你，奥吉，”食品商说，“我觉得很满意。”

“我有七毛五分钱想花掉，”奥吉说，“我想买许多东西明天享用。”

“好的，奥吉。”食品商说。不过他在转身回店之前，指指天上的云，又看了看他的儿子。“约翰，看见了吗？”他说，“现在是夜里了—— 一会儿我们就要上床睡觉去。睡一个晚上。天亮了我们再起身。又是新的一天。”

食品商和他的儿子，还有他们邻居的孩子一起走进店去。此时尤利西斯坐在他哥哥的自行车的龙头上，正望着他的母亲。荷马又上了车，往家里骑了过去。

“妈妈。”尤利西斯转过脸来，望着他哥哥的脸，对他说。

“是的，”荷马说，“妈妈正在那儿呢，在院子里的大树下。看见她了吗？”

他们离院子里树下的女人越来越近了。小弟弟脸上挂着微笑，放着光。可是与此同时，这张脸上又露出一丝深沉的悲哀。这种悲哀也出现在哥哥的脸上，他这时正手握着车龙头，几乎把尤利西斯拥在怀里。

荷马笔直地穿过空地，来到后院的胡桃树下。他下了自行车，把尤利西斯放在地上站好。尤利西斯站在那儿望着他的母亲。梅凯诺先生所引起的那种恐惧，现在从他心里已经几乎是一去不复返了。

“他迷路了，妈，”荷马说，“奥吉看见他，把他带到电报局去了。我得走了，不过我要进去跟贝思和玛丽打个招呼。”

荷马走进屋去，站在暗暗的饭厅里，听着他姐姐和他哥哥心上的姑娘的音乐。她们一曲终了之后，他走进了客厅，“你们好。”他说。

两位姑娘转过身来，“你好，荷马，”玛丽说，接着她又满怀喜悦地很快说了一句，“我今天收到马柯斯的一封信。”

“真的，玛丽？”荷马问，“他怎么样？”

“很好，”玛丽说，“他们就要出发了，可是他们不知道是上哪儿去。他说如果我们有一阵子收不到他的信，不用担心。”

“他给我们每一个人都写了信，”贝思说，“给妈妈，给我，甚至还给尤利西斯写了。”

“是吗？”荷马说。他等了片刻，想等她们宣布也有给**他**的信，心里只怕她们没有那样的消息。后来他非常平静地说：“他没有给**我**来信吗？”

“哦，当然有的，”玛丽说，“给你的信是所有的信里最厚的一封。我以为你知道，他要是给我们大家都写了信，当然不会漏了你的。”

荷马的姐姐从桌子上拿起一封信来，递给了他。荷马朝那封信看了好半天，随后他姐姐说：“怎么了？你为什么不把它打开来念一下？念给我们听听吧。”

“不，贝思，”荷马说，“我现在就得走。我把它带到电报局去，今天晚上空下来了，会有好多时间，我就在那儿看。”

“我们一整天都在找工作，”贝思说，“可是我们没有找到。”

“不过我们也觉得挺好玩的，贝思，”玛丽说，“光是走进门去问问，也挺有意思的。”

"好吧，不管有意思没意思，"荷马说，"你们没找到活儿，我倒挺高兴。别去管什么工作。我们需要的钱，我会挣来的。玛丽的父亲在绮色佳酒厂也有一份好工作。你们两位没有必要出去找工作。"

"不，我们得去，荷马，"贝思说，"我们当然得去。就在这几天之内，我们就会给自己找到工作的。有两个地方请我们再回去谈谈呢。"

"别为找工作的事操心了，"荷马说。他生气了。"你没必要去找工作的，贝思，还有你，玛丽。这一带需要人去干的活儿，男人都能干。姑娘应该待在家里，照料男人，就是如此。只要弹弹钢琴，唱唱歌，打扮得漂漂亮亮的，等着一个家伙回来看就行了。这就是你们应该做的。"他停了停，当他转脸对着玛丽说话的时候，他的语气已经变得十分温和了。"等马柯斯回家以后，"他说，"你们俩可以自己租一栋小房子，趁心如意地成个家。"他又转过脸去对着贝思，"不久以后的一天，贝思，你就会找到一个你喜欢的人。这是你唯一应该考虑的工作。世界上爆发了一场战争，这可不是让每一个人都失去理智的理由。你就待在家里，这是你该待着的地方，帮帮妈妈的忙。玛丽，你也帮帮你的爸爸。"

他摆出一副家长的气派，他姐姐贝思几乎要为他感到骄傲了，因为她以前从来没有见过他对**任何事情**有这么关心的。

"别忘了这些话，"荷马对他的姐姐和邻家的姑娘说，"现在，”他说，“在我走之前，再来一支曲子吧。”

“你想要听什么？”贝思问。

“随便什么都行。”荷马说。

荷马的姐姐贝思弹起一首曲子，随后玛丽就唱了起来。投递员站在客厅的阴影里听着。歌才唱了一半，他已经悄悄地走出了屋子。到了院子里，他看到尤利西斯站在鸡窝那儿，低头看着一只鸡蛋。

“妈，”荷马说。他母亲转过脸来望着他，“我们明天一定一起上教堂去。我们大家一起去——玛丽也去。”

“噢，你说这话是什么意思，荷马？”麦考利太太说，“我们几乎**每个**礼拜天都去教堂的，玛丽也差不多**总是**跟我们一起去的。”

“我知道，”荷马几乎有些不耐烦地说，“可是明天一**定**去。玛丽也一起去，说定了。”他转过脸去对他弟弟说：“尤利西斯，你手里拿的是什么？”

“鸡蛋。”尤利西斯说。他说这个词的口气，就仿佛这两个字的意思就是上帝似的。

荷马上了自行车，往绮色佳酒厂骑去。

# 第三十一章

## 安息在永恒的怀抱里

就在荷马骑着自行车去酿酒厂的那时候，在一个跟绮色佳有时差的遥远的地方，一列美国的客运火车正穿过美国的黑夜，在美国的大地上飞驰。车厢里满都是美国小伙子，其中包括马柯斯和他的朋友托贝—— 他们全都穿着军装，受过参战的训练。可是从他们的眼神里，从他们兴高采烈的劲头里，从他们的欢声笑语、吆喝声和歌唱声中，你会明白，这不仅仅是一支军队，而且是一个民族，一个善良而伟大的民族。你会明白，尽管有人教了他们怎样列队，怎样排除在集体需要以外的个人利益而按照计划行动，他们却并没有变成机器，他们依然是善良的人，依然有着普通人最基本的意愿。你会明白，即使他们吵吵嚷嚷，对他们自身的重要也许一无所知，他们仍然保持着他们的尊严。你肯定会明白，尽管他们的喧闹声是出于内心深处的恐惧，但是他们依然是大无畏的人。你会明白，并非出于什么华而不实而虚假的理由，他们已经接受了排除他们的恐惧的必要，如果事到临头，他们会视死如归。你会明白，他们都是些美国小伙子，尽管有几个已经四十出头，可大多数还都是孩子——他们来自大小城镇，来自农场和办公室，有的来自富裕的家庭，有的来自贫穷的家庭，有的已经见过大世面，有的世面见得少，有的动身之前正梦想着轰轰烈烈干一番事业，有的本来正憧憬着过平平安安的小日子——有的孩子才华横溢，思想敏捷，有的孩子慢条斯理，性格稳重。在这一片喧哗、欢笑、兴奋、慌乱、急切，以及大智大愚的伟大混合当中，马柯斯和他的朋友托贝·乔治正在安静地交谈。

“哎，”托贝说，“我想我们是开拔了。”

“是啊。”马柯斯说。

“你知道，马柯斯，”托贝说，“我觉得很幸运，因为，要不是因为这场战争，我就不会遇到你，也不会知道你们一家人的事。”

马柯斯有点不好意思，“谢谢，”他说，“我对你也是这么想的。”他停了一下，随后问了一个问题。这个问题是每一个面临着不可知的危险的人都会一再扪心自问的。“我希望你跟我说真心话，”他说，“你对自己会不会送命这一点是不是很在乎？”

对方一下子答不上来，不过他终于说："当然啰。也许我**能够**虚张声势，**装出**一副我不在乎的样子。其实，我当然会很在乎的。难道你不是这样吗？"

"我也是的，"马柯斯说，"我会非常在乎的。我刚才只是还想问个明白罢了。"他停了停，随后又说，"你在**想**些什么呢？你想回到什么样的状况去？"

"我不知道，"托贝说，因为他确实不知道。"我也许想要回到—— 噢，随便什么—— 到了哪儿就算哪儿。我不像你那样有个家。我没什么亲人可以回去见面，不过，无论如何，我都不会在意。随便我去了什么地方，我就算是回到了那个地方。我不像你有个玛丽姑娘，我没有哪一位姑娘在等我回去。不过我知道，我还是想要回去—— 只要能够回去的话。"

"当然。"马柯斯说。

他们又沉默了一会儿，随后马柯斯说："你怎么会喜欢上唱歌的？"

"我怎么知道？"托贝说，"我就是喜欢唱，如此而已。"他们听着火车开动的声音，听着车厢里的喧闹声，随后托贝说："**你**又在想什么？"

马柯斯过了一会儿才开始回答这个问题，"我想起我父亲，"他说，"还有我母亲，我妹妹贝思，还有我弟弟荷马和尤利西斯。我还想起玛丽和她的父亲阿利纳先生。我想起我家附近的整个儿街坊，想起那块空地，想起那儿的孩子们，那些房子，埃拉市场，还有埃拉本人。想起那条火车轨道，我以前一直在那儿看着火车开过；想起主日学校、教堂、县政府花园、公共图书馆，那些老教师们，那些在我的生活中跟我在一起的孩子们—— 他们有的已经死了，不过不是死于这次战争 —— 只是死了而已。”

“那倒挺有意思的，”托贝说，“也许，你不会理解，可是我觉得绮色佳现在也成了**我的**故乡的小城了。”他停了一停，然后又说：“假如我们挺过去了，假如我们这一次能够平安无事，你带我到绮色佳去好吗？你愿不愿意带我去看看你所熟悉的那些地方，给我说说它们的情况，这个地方发生过什么，那个地方又发生过什么，你愿意吗？”

“当然愿意，”马柯斯说，“当然愿意。我**正想**要这么做呢。我还想让你见见我的家人。我们很穷，一直很穷—— 我父亲可是个**了不起的人**。他不太成功。他挣的钱只够应付我们的生活—— 一直是这样。”

“你是说马太·麦考利？”托贝问。

“是的，”马柯斯说，“马太·麦考利，我父亲。他在葡萄园、肉类加工厂、酿酒厂做过工。他做的是普通、平凡、天天如一的工作。假如你在街上看到他的话，你会以为他只是普通人。他看上去跟别人没什么两样，举动也是如此—— 不过他还是一个了不起的人。他是我父亲，我知道他很了不起。他关心的只有他的家人—— 我母亲和他的孩子们。他积蓄了几个月，用来当作头款买下了一台竖琴—— 是的，一台竖琴—— 我知道，现在没人弹竖琴了，可是我母亲想要一台，所以我父亲积了钱，替她付了头款买了一台。他花了五年才付清买下这台竖琴的钱。这台竖琴是能买到的价钱最昂贵的一种。我们以前还一直以为既然我们家有一台，那么家家一定也都有的呢。后来他又替我姐姐贝思买了一架钢琴—— 那架钢琴倒没花多少钱。我原先以为人人都像我父亲那么了不起—— 后来我出来了，遇上了其他一些人，才知道不是那么回事。他们也都不错，他们也蛮好——不过我觉得他们没有那么了不起。不过,他们也可能**是**了不起的，只是我不怎么了解他们罢了。要想知道他们是不是了不起，你非得真正了解他们不可。有许多人很了不起，可是从来没有人认为他们有什么了不起。”

“但愿我能够认识一个像你父亲那样的人，”托贝说，“当然，他并不一定要是**我的**父亲。他是什么人都行，只要我能够认识他。我想，从某种角度看来，我不知道我父亲是谁，倒还是幸运的，因为既然不知道，我就可以**相信**他是了不起的，就像你的父亲那样。”

“可能他**确实**了不起。”马柯斯说。

“是的，”托贝说，“但愿如此。你知道，一直到我上了学校，听到其他孩子们谈起母亲和父亲之后，我才知道孩子们都有父母亲的。”托贝不好意思地笑了笑。“我本来不明白这一点，”他说，“我还以为人都是一个人在这个世界上—— 就像我一样—— 就靠自己一个人去闯荡。我明白了真相以后，难受了大概有好长一段时间。这让我感到孤独。我的意思是说，这让我感到**更加孤独**。也许**这**正是我喜欢唱歌的原因。唱歌的时候，我就不会觉得非常孤独了。”接着，他羞怯地，几乎是小心翼翼地说：“贝思是个什么样的女孩子？”

马柯斯知道他的朋友问到这个问题会觉得很不自在，他可不想让他感到不自在。“没有关系，”马柯斯说，“我妹妹的事你可以问我。我想让你见见她。我认为她会喜欢你的。”

“我？”托贝问。

“是的，我觉得她会非常喜欢你的，”马柯斯说，“我想带你回去，让你住在我们家里。假使你们彼此喜欢对方—— 嗯，我想贝思已经到了—— 唔，不管怎么说，即使她**是**我妹妹——唔，我就是想着她会非常喜欢你的，就是这么回事。”

这会儿，马柯斯说话说得很快，因为他虽然也知道，要想提到这样一件事几乎是不可能的，可是在另一方面，他也知道，**努力试着**去提一提至少也是有必要的。所以他想尽快把话说出口来，把他的意思表达清楚，让他自己发窘的时间不至于太长。“跟她结婚，在绮色佳住下，”他说，“那是个很好的小城。你在那儿会得到幸福的。现在，看看这个。我把她的照片给你——让你保存。”他把他妹妹贝思的一张小快照递给了托贝。“把它放在你的证件夹里，就像我把玛丽的照片放在里面一样。明白？”

托贝·乔治接过他的朋友的妹妹的照片，看了好长时间，马柯斯一直也在看着他。最后他说：“贝思确实很漂亮。我不知道，一个人会不会爱上一个他从没见过面的姑娘，不过我觉得我已经爱上了贝思。我觉得心里难受。我跟你说实话。以前我不敢跟你谈起贝思。可是我估摸着，嗯，只要我们正在往前开拔，谁也不知道未来怎么样，你也许就不会太介意了。我没办法，我老是这样想：我没有别人同等的权利——你知道，一个不是由自己的父母而是由孤儿院起名字的家伙——连自己的父母是谁都不知道——也不知道他们是什么国籍——甚至连**他自己**是什么国籍也不知道。有人说我是西班牙人和法国人，也有人说我是意大利人和希腊人，又有人说我是英格兰人和爱尔兰人。几乎每一个人都派给我一个不同的国籍。"

"你是一个美国人，"马柯斯说，"就是这样。人人都明白的。"

"当然，"托贝说，"我看正是，没错儿。我想我就是一个美国人，没错儿。可是我还是想要知道，我究竟是**哪一种**美国人。"

"你是个名叫托贝·乔治的美国人，"马柯斯说，"这就够好的了。你把那张照片保存好。我们要回到绮色佳去，你会在那儿成家，我也会在那儿成家，我们过些日子就会互相走动，听听音乐，唱唱歌——度过一生的时光。"

"你知道，马柯斯，"托贝说，"我**信任**你。我向上帝起誓，我信任你。我觉得你跟我说这些话，并不光是因为我们碰巧是朋友，一起开拔去前线。我信任你，我真想跟你一起去绮色佳，世界上没有我更愿意做的事了。我想要在那儿住下，我想要做你刚才说过的一切。"他停了停，想想是不是有什么地方可能会出问题，不让他那么做，随后他说："如果贝思不喜欢我的话—— 假如她爱上别人了—— 假如我们到那儿的时候她已经结婚了—— 我还是要在绮色佳住下。我不知道为什么，可是我现在觉得绮色佳好像也是**我的**家。我有生以来第一次感到，我有地方可以去了，而且—— 我希望你别在意—— 我觉得我就是麦考利家的人，因为，假如我能自己选择的话，我就想让自己有个那样的家庭。愿上帝保佑，让贝思喜欢我，不要爱上别人，因为我**知道**我喜欢**她**。"说到这儿，他的语气变得很柔和，尽管车厢里闹声一片，马柯斯还是能听到他说的话："尽管贝思现在还不知道，不过她已经是我的人了。从现在开始，我每呼吸一口气，都是为了让我能够活着去绮色佳，去她身边。绮色佳就是我的家。我就会在那儿生活。我也愿意就死在那儿——如果我自己能做主的话。"

"我们会回去的，"马柯斯说，"我们总有一天会回到绮色佳的，贝思跟你，玛丽跟我，还有我母亲，还有荷马，还有尤利西斯。你等着瞧吧。"

有好长一阵子工夫，两个朋友都没有再说话。车厢里的另外几个小伙子跟他们打招呼，他们也跟别人一起大声嚷嚷，甚至跟他们一起唱了一首自己编出来的歌曲。这首歌曲唱的是上了海报的美女，唱的是她们的美貌，唱出了他们各人所爱慕的姑娘的名字。唱到一半的时候，托贝非常简括地问了一句，就好像他此时此刻问这么一句再合适不过似的："你做祷告吗？"

马柯斯几乎马上就回答："一直祷告的，一直。"

"在孤儿院的时候，"托贝说，"我们**被逼着**做祷告，这是那儿的一条规矩。不管我们愿意不愿意，我们都得做祷告。"

"也许这不能算一条坏规矩，"马柯斯说，"不过祷告是逼不出来的。如果被逼着去做祷告，那就不再是祷告了。"

"我明白，"托贝说，"不过正因为如此，我离开孤儿院以后就不再做祷告了。大概从我十三岁那年起，我就没再做过祷告。可是现在，我要从头开始—— 就从现在开始—— 现在就做。"他停了一会儿，接着就祷告起来，既没闭眼低头，也没合上双手，不过他说出来的话倒千真万确是一个祷告。"只要您能够办到，"他说，"就让我去绮色佳吧。您怎么说都行，只要您能做到，就让我去绮色佳。让我回家。保佑大家，保佑每一个人不受苦。为无家可归的人找到家。让游子返回故乡，让我去绮色佳。"他停了下来，又唱起了他们那首欢快的歌曲。忽然他又不唱了，大叫了一声："阿门！"

"这是个很好的祷告，"马柯斯说，"我希望它能实现。"

这个孤儿觉得他的祷告里还遗漏了几件事，于是他又继续下去。"保佑那个小城平安，"他说，"让我走过它的街道。保佑麦考利一家人平安——保佑他们家每一个人。保佑贝思平安。让她知道我爱她。保佑马柯斯平安——还有玛丽。保佑他母亲和他弟弟荷马和尤利西斯。保佑他们的住房，还有隔壁的那块空地。保佑那台竖琴和那架钢琴，还有那些歌曲。保佑那条火车轨道，让我可以看见火车在那儿通过。保佑这个世界依然如故，让我有机会去那儿—— 到我想去的地方—— 到绮色佳去。让我去那儿—— 去绮色佳—— 假如你能够办到的话。就这些了。”然后他又大叫了一声：“阿门！”

这个时候，士兵们又唱起了他们自己编出来的另一首歌。这首歌的内容唱的是一切事物的多变无常，特别是女人的爱情。小伙子们对于这首歌曲玩世不恭的哲理觉得兴高采烈。托贝和马柯斯也跟大家一起唱。托贝停下不唱，说：，“马柯斯，**你**祷告什么？”

马柯斯也不唱了，说：“我祷告的事情跟你祷告的一样——完全一样。”接着两个朋友又唱起了那首含有玩世不恭的哲理的歌曲。

这首歌唱完，整个车厢沉寂下来。这种沉寂没有什么原因，可是车厢里的每一个人都不吭声了，而且有一阵子大家都变得非常严肃。最后，一个名叫乔·希金斯的士兵来到马柯斯和托贝面前，说：“这是怎么回事，大伙儿为什么那样静悄悄的？托贝，来一个怎么样？马柯斯，你替大家拉手风琴好吗？”

“你想要听什么曲子，乔？”马柯斯问。

“哦，我不知道，”乔说，“那些吵吵闹闹的歌我们都唱过了。也许我们应该唱些老歌—— 你知道的，老歌，唔，**好的**歌！我们为什么不唱一首从前的圣歌呢？唱一首我们大家都熟悉、小时候经常唱的歌。”

“好啊！”马柯斯说，“乔，你喜欢哪一首圣歌呢？”

"好吧，"乔说，"你们这些家伙可别笑话我—— 我绝对喜欢听那首《安息》。你知道的——《安息在永恒的怀抱里》。"

马柯斯转过脸去望着托贝，"托贝，你记得那首歌的歌词吗？"他问，"你要是忘了，我可以提醒你。"

"你是问我**记得**吗？"托贝说，"我以前每个礼拜天都唱这首歌的，唱了大概有十年了。"

"那好吧，"马柯斯说，"我们来为乔唱一个吧。"马柯斯转过脸去看着乔，"如果你想加入，乔，"他说，"你用不着知道怎么个唱法的。只要加入进来跟我们一起唱就行了。"

"当然，"乔说，"我也要唱的—— 一定。"

马柯斯奏起了这首古老的赞美诗，托贝很快就唱了起来：

"何等亲密，何等神圣的快乐，
安息在永恒的怀抱里，
我何等荣幸，何等平安，
安息在永恒的怀抱里。"

这时候，乔也跟着托贝唱起来，他的声音很响，没有乐感，可是无论如何还不难听。不久，车厢里每一个人都在倾听。又过了一会儿，大家都围到马柯斯、托贝和乔的身边，仔细听着这首奇妙的古老的赞美诗的曲调和歌词。乔和托贝唱着：

"安息，安息，平平安安，无忧无虑，
安息，安息，安息在永恒的怀抱里。"

这时候，围在乔和托贝周围的每一个人都唱了起来。

# 第三十二章

## 马柯斯给弟弟荷马的一封信

这个礼拜六是荷马·麦考利一生中最漫长、最重大的日子之一。微不足道的小事也开始有了新的重要性，有了他能够理解的含义。昨晚那场不安稳的、充满忧虑的睡眠，已经永远成为他清醒的生活的一部分。他曾经尽了自己最大的努力，不让死亡的信使来到绮色佳和她的居民中。他梦见了那件事，可是现在那一番经过已经不再是一场梦了。

他哥哥马柯斯给他的信就在他的身上，还没有拆开，正等着他去读呢。

他跛着脚，一拐一拐地走进了电报局，累得只想赶快休息一下。他看了看传话单，没有任务。他又看了看来电的挂钩，也没有电报要送。他的工作完成了。完事大吉。他走到老报务员跟前说："格罗根先生，你今晚能不能帮个忙，跟我一起吃完两只隔天的馅饼？一块苹果的，一块奶油椰子的。"

这个时候，老报务员已经超过半醉状态了，"帮个忙可以，孩子，"他说，"可是馅饼我可吃不了—— 不过还是谢谢你。"

"格罗根先生，要是**你**不想吃馅饼的话，"荷马说，"那么我也不吃了。我原先以为**你**可能饿了。我一点也不饿。我已经忙了一整天，直到这会儿才闲下来。可是我一点儿也不饿。这好像有点好笑。你会以为，一个人要是干了一整天一整夜的活儿，应该会饿的，可他一点也不饿。我今晚六点的时候吃过一碗干辣椒，别的什么也没吃过。"

"你的腿怎么了？"格罗根问。

"没什么，"荷马说，"我都把它给忘得一干二净了。我走动起来没什么问题。"他很好奇地看看报务员，然后轻轻地问了一句："格罗根先生，你喝醉了吧？"他说话的口气非常诚恳，老头儿没有生气，也没觉得伤到自尊。

"是啊，孩子，我醉了，"格罗根先生说。他走到他的椅子跟前坐了下来。过了一会儿，他看看桌子对面的孩子，只见他仍然站在那儿，并没坐下。"我醉了就觉得心里好受得多，"老报务员说。随后他拿出酒瓶，又痛饮了一大口。"我不会跟你说什么永远不要喝酒之类的话的，"他说，"我不会像许多老傻瓜那样，说什么——**从我身上接受教训，看看喝酒把我弄成个什么模样了**——那完全是胡说八道。你现在跑的地方多了，见的事也多了——许多事情都是你以前没有见过的。好吧，我来说给你听。凡是遇上跟人有关的事，得特别谨慎应付。假如你见到一件你认为肯定不对的事，不要那么肯定。假如是人，就要非常谨慎。唔，你是会原谅我的，可是我一定要告诉你，因为你是个我所敬重的人，所以我不在意跟你说，批评别人的所作所为，是不对的，是愚蠢的。我一点儿也不知道你是什么人——你打哪儿来——你是怎么一回事——是什么让你成为你现在这样——可是我对于这一切都感到满意，我也心存感激。一个人到了晚年，对于那些在他走了之后还要继续生活下去的好人，会越来越心怀感激。我要不是喝醉了的话，就不会跟你说这些了，所以光是这一点，也是一个好例子，说明为什么不应该对那些人人都觉得他做错了事的人有看法。对我说来，告诉你这些事是非常重要的；而对你说来，知道这些事也是如此。所以说，我**现在**醉了，能把这些说给你听，真是一件好事。你明白我说的这些话吗？”

“我不是太明白，格罗根先生。”荷马说。

“我在跟你说的，”老报务员说，“是一些也许会让你觉得尴尬的事。我要不是喝醉了，是不会对你说的。我要跟你说的是——你应该感谢你自己，是的，**你自己**。要心存感激。你要懂得，一个人是个什么样的人，是他**可以**心存感激，也**应该**心存感激的事，因为如果他是个好人，那么他人好，不光是他一个人的事，也有我的一份，也有别人的一份。他人好，就该让他去维护这份美德，并且为我，也为世界上所有其他的人去四处传播。你为人很好，所以你该知道感激。凡是遇到你的人，或早或晚，都会喜欢你这一点。他们一见到你，立刻就会了解你的。”

不知什么缘故，荷马想起了那个墨西哥女人悲伤的神情，以及她对他说话的样子。在他这么回想着的时候，老报务员继续在往下说。

“他们会了解，你不会出卖他们，不会伤害他们。他们会了解，即使全世界都瞧不起他们，你还是会尊重他们的。他们会了解，你会在他们身上看到世上别人在他们身上看不到的东西。你该知道这些。你不要为此觉得不好意思。你是个了不起的人，只有十四岁。是什么让你这么了不起，没人知道，不过这是真的，那么你就该明白这是真的，在这种美德面前感到谦卑，维护它。你明白吗？”

投递员觉得非常不好意思。他非常勉强地说了一句：“大概是吧，格罗根先生。”

老报务员继续往下说：“那么，我谢谢你。自从你到这儿干活儿以来，我不管醉了还是醒着，一直都在注意着你，而且不管是醉了**还是**醒着，我真正认识了你。我在全世界各地的城市都干过活。我年轻时，就向往到许多城市去，最后都如愿了。在我的一生中，我到处寻找你，我也在许多地方找到了你——

在许多偏僻的小地方—— 在许多陌生人身上。在我所遇见的每个人身上，我都找到了你身上的**某些东西**，可是往往不够。现在，在绮色佳，在回老家的路上，我又找到了你，比以前更美好，比以前更了不起。所以，假如你明白我的意思，我就谢谢你。你手里拿的是什么—— 是一封信吗？我说完了。你开始吧。看你的信去，孩子。”

“是我的哥哥马柯斯来的信，”荷马说，“我还没时间把它拆开呢。”

“那么就把它拆开吧，”老报务员说，“念念你哥哥的来信。大声念出来吧。”

“格罗根先生，你愿意听吗？”荷马问。

“愿意的，如果可以的话，我是非常想听的。”老报务员说着，又喝了一口酒。

荷马·麦考利撕开他哥哥马柯斯来信的信封，取出信纸展开，开始非常缓慢地念了起来。

“亲爱的荷马，”他念道，“首先要说的是，我放在家里的一切东西都归你所有—— 直到你不再需要的时候，就把它们给尤利西斯：我的书、我的留声机、我的唱片、我的衣服——到你穿着觉得合身的时候，还有我的自行车、我的显微镜、我的钓具、我的皮德拉[1]岩石的收藏，以及我在家里所有其他的

---

① 皮德拉（Piedra），美国加利福尼亚州中部弗雷斯诺县一处高地的名字，在西班牙语中意为“岩石”。

东西。把它们给你比给贝思更合适，因为现在你是绮色佳的麦考利家的男子汉了。去年我在肉类加工厂挣来的钱，我当然已经交给妈了，好贴补家用。当然这些钱是远远不够用的，所以妈和贝思正打算出去工作。我不能够叫你不允许她们出去工作，可是我希望你自已会不允许她们这么做。我相信你不会让她们这么做的，因为我知道我自己是不会的。妈当然想出去工作，贝思也是。可是正因为如此，你就更不该让她们出去。我不知道你怎么能够又维持着这个家，又去上中学的，可是我相信你会有办法的。除了留下必须的几块钱之外，我的军饷我都会寄给妈的。可是这点钱还是不够用的。要我希望你做那么多事，我觉得真不容易，因为我自己也是到了十九岁才开始出去做事的。可是不知怎么的，我相信你能够做到我没能做到的事。

“我当然很想念你，我一直在想着你。我觉得很高兴，尽管我从来就不相信战争—— 虽然战争有时候是必要的，我还是知道它是愚蠢的—— 我因为自己能为祖国效劳而感到骄傲—— 对我说来，那就是绮色佳，就是我们的家，就是我们麦考利一家人。我觉得敌人都不是人，因为凡是人，都不可能成为我的敌人。无论他是什么人，什么肤色，无论他信仰的东西有多荒谬，他都是我的朋友，不是我的敌人，因为他跟我自己没有什么区别。我不是在跟**他**争斗，而是在跟他身上的某种东西争斗，而这种东西是我首先要从自己身上找出来摧毁的。

“我并不觉得自己像个英雄。我这个人天生不会有这种感觉。我什么人都不恨，我也并没有感到自己很爱国，因为我一直热爱我的国家，她的老百姓，她的城镇，我的家，还有我们一家人。我宁愿自己没有从军，我但愿没有战争。不过现在既然我**已经**从军了，既然战争**确实**存在，我早就下决心，要尽可能做一名最好的军人。前途如何，我不得而知，不过无论发生什么事，我都很谦卑地准备好了。我非常害怕—— 我一定得把这一点告诉**你**—— 可是我知道，事到临头，我是不会辜负大家的期望的，我甚至还能比大家所期望的做得更好，但是我想要让你知道，我所服从的，只有我自己心灵所发出的命令。跟我在一起的，将会有来自美国各地，来自千万个像绮色佳这样的小城的小伙子们。我也许会在这场战争中阵亡。我一定得把这一点坦白地告诉你。我一点也不喜欢这个念头。在这个世界上，我最向往的就是能回到绮色佳来，跟你、跟母亲、妹妹和弟弟一起生活下去，过上很多很多年。我想回到玛丽身边，成个家，建立一个我自己的家庭。我们很可能马上就要出发了—— 要去参加行动了。没人知道会在什么地方行动，只知道我们很快就要出发。所以，这段时间我也许不会再给你写信了。我希望这不是我的最后一封信。可是如果真是这样，你一定要把我们聚在一起。不要以为我真的会离开你们。不要让别人这样想。我这里有个朋友，是个孤儿—— 没有父母的弃儿—— 说来好奇怪，在所有这些小伙子里，**他**居然会成为我的朋友。他的名字叫托贝·乔治。我把绮色佳和我们家的事都告诉了他。有一天，我要把他带到绮色佳来。你看了这封信，不要不愉快。麦考利一家人里，由我来参战，我感到高兴，因为如果换了是你，那就是个遗憾，是个错误。

“我在信里可以写下我说不出口的话。你是麦考利一家最优秀的一个。你一定要永远是最优秀的一个。不要让任何事情阻挡住你。你今年十四岁，可是你一定要活到二十岁，然后活到三十岁、四十岁、五十岁、六十岁。你一定要活下去。在你的有生之年，永远活下去。我相信你会的。我会一直注视着你。我们打仗就是为了你。是的，**你**—— 我的弟弟。如果我们在一起的话，我怎么会跟你说这些话呢？你会跳到我身上来，跟我摔一跤，把我叫作傻瓜，不过即使如此，我所说的一切还是真话。现在，我要在这里写下你的名字，让你牢牢记着：荷马·麦考利。这就是你。我非常想念你。我简直迫不及待地想跟你再见面了。到那个时候，等我们重逢在一起的时候，我就让你跟我摔跤，让你在客厅里，当着妈、贝思和尤利西斯甚至玛丽的面，把我放倒在地—— 我会让你这么做的，因为能再看见你，我会有多么高兴啊。上帝保佑你。再见。你的哥哥马柯斯。”

投递员一边念着信，一边坐了下来。他念得非常慢，好几次喉咙口都哽住了，好几次都觉得心里难受极了，这种难受的感觉，就像上次在那位墨西哥母亲家里那样，再后来就是他下班后骑车在绮色佳城里四处游荡，哭了一场的那天晚上。这会儿，他站起身来。他双手直哆嗦。他咬着嘴角，看着那个跟他自己一样被这封信深深打动了的老报务员。他轻轻地说：“假如我的哥哥在这场愚蠢的战争里被杀害了，”他说，“我就要诅咒这个世界。我会永远憎恨它。我不会再做好人。我会成为一个最最坏的人，一个前所未有的大坏蛋。”

他忽然停下不说了，泪水涌上了他的眼睛。他急忙走到重发器铁架后面的衣柜那儿，脱下了制服，穿上便服。他连衣服也没完全穿好，就跑出了电报局。

老报务员坐了好长时间。后来，他浑身抖动了一下，喝干了瓶里的酒，站起身来，朝办公室环顾了一眼，这时，周围一片寂静。

# 第三十三章

## 给你一吻

绮色佳的生活方式—— 世界各地人们的生活方式—— 都遵循着一定的格局。这种格局初看起来显得不近情理，荒谬绝伦，不过日久天长，这种格局就展现出一种形式的美。丑陋的线条被仁慈的线条修饰得优美了。残暴的威力也被更强大的文明的威力所驯服，变得甘美了。错误的邪恶的颜色消失在正确的明亮的颜色里，糅合成一种新的颜色，比原来单一的正确的颜色来得更加美丽。

发报机经常在滴滴答答地响着，格罗根先生坐在打字机前，把这个世界传给她的儿女们的爱、希望、痛苦和死亡的信息打出来。“我就要回家了。”“不要担心。”“国防部悲痛地通知你，你的儿子——”“到南太平洋铁路的火车站接我。”“给你一吻。”“我很好。”“上帝保佑你。”这样的信息，荷马·麦考利送过很多次。

在麦考利家的客厅里，有人在弹竖琴，还能听到有人在唱歌。士兵们前进着，越过大地，渡过水面，飞过天空，来到新的地方，迎来新的白昼，新的黑夜，新的睡眠，迎来陌生的新时刻，里面充满了令人难以置信的喧嚣和难题，还有令人难以置信的、惨无人道的危险。生活的面目变化着，不过是不知不觉的——马柯斯、托贝、荷马、斯潘格勒、格罗根、麦考利太太、尤利西斯、黛安娜、奥吉、莱昂内尔、贝思、玛丽、约翰·斯特里克曼、三个士兵、罗莎莉·西姆斯–皮比提、埃拉先生、他的儿子约翰、大克里斯、希克斯女士，甚至还有梅凯诺先生也是如此。

那辆载着靠在敞篷车厢的挡板上的黑人的货运火车继续往前开去。那只黄鼠从地下探出头来四处张望。亨德森先生树上的那些杏子，染上了阳光的微笑的喜色，以及来偷杏子的孩子们脸上的雀斑的颜色。那只孵蛋的母鸡带着尤利西斯曾经盯着细看的那一大窝小鸡出现了。荷马的腿伤康复了。复活节的礼拜天来到了绮色佳。随后是复活节后的那个礼拜天。随后又是另一个礼拜天，下一个，又一个。

这个礼拜天绮色佳的麦考利一家人和玛丽·阿利纳一起，坐在绮色佳第一长老会的教堂里。尤利西斯坐在走道里。出于奇异的巧合，在他前面，坐着一个秃顶的男人。这个物体看上去真迷人：单单是这个跟鸡蛋不无相同的形状，就够研究一阵子了。秃顶上的六七根头发长成孤零零的一小撮，看上去泰然自若，很有英雄气概。划分这只秃头的皱纹，就像赤道划分地球那样，是个设计图形的奇迹。对尤利西斯来说，这一整个儿脑袋实在了不起。

这时，霍利神父正和全体教徒们一起念着经文。这段经文说的是得到神庇护的生活。霍利神父先念了一首圣诗，然后全体会众以既有力又柔和的声音应和着。

“耶稣看见了这许多的人，”霍利神父抑扬顿挫地念着，“就上了山，既已坐下，门徒到他跟前来。”

会众应和说：“**他就开口教训他们，说：**

‘虚心的人有福了！因为天国是他们的。

**‘哀恸的人有福了！因为他们必得安慰。**

‘温柔的人有福了！因为他们必承受地土。

**‘饥渴慕义的人有福了！因为他们必得饱足。**

‘怜恤人的人有福了！因为他们必蒙怜恤。

**‘清心的人有福了！因为他们必得见神。**

‘使人和睦的人有福了！因为他们必称为神的儿子。

**‘应当欢喜，无比快乐：你们是世上的盐。你们是世上的光。**

‘你们的光也当这样照在人前，叫他们看见你们的好行为，便将荣耀归给你们在天上的父。[1]’”

---

① 此处神父和会众所朗读的经文出自《圣经·新约·马太福音》第5章第1-9和第12–16节，后面数节则有所取舍删节。此处译文大体上遵循中文和合本。此处的黑体字（原书作斜体）表示会众的应和。

当《圣经》的应答朗读开始的时候，尤利西斯·麦考利正在研究秃头。突然，一只苍蝇在这件物体上作了点缀，开始探索秃头，也让小男孩半睡半醒的精神状态活跃起来。尤利西斯盯着苍蝇看了一会儿，然后慢慢地伸出手想去逮住它，可是麦考利太太轻轻地拽住了他的手。尤利西斯还是目不转睛地盯着那只秃头和苍蝇，脑子里空空如也，随后沉入了白日梦。尤利西斯现在把秃头的光滑的皮肤看作一片沙漠。他把横跨头顶的一条皱纹看成了一条小河，把那一小撮六七根头发看作了棕榈树，把苍蝇看成了一头狮子。随后他又看到了他自己，穿着礼拜天的好衣服，在小河的一边，狮子在河岸对面。尤利西斯站在小河的岸上，望着对岸的狮子。那头狮子也来到岸边，从尤利西斯的正对面望着**他**。《圣经》的朗读还在继续。

尤利西斯又看见远处有一个阿拉伯人，穿着飘拂的长袍，躺在沙地上睡觉。阿拉伯人身边有一只曼陀铃，或是什么诸如此类的乐器，还有一罐子水。尤利西斯看见那头狮子看上去心平气和，天真无邪，神情和那个睡着了的人没什么两样，它来到了那个人的脑袋旁边，俯下身来嗅了嗅他，不过肯定不会伤害他。

《圣经》的朗读结束了。教堂的风琴奏出有力的和鸣，唱诗班和会众一同唱起了《万古磐石》。

沙漠的幻影从小男孩的梦里消失了，换成了一片汪洋。攀爬在一块比荒凉的水面高出几英尺的礁石上的，正是尤利西斯自己。只有他的头和双手在水面之上。他四下张望，想要逃出去，或是找人搭救，可是极目四望，尽是海水。尽管如此，他还是很有耐心，满怀希望。最后，尤利西斯看见那个大个子，大克里斯，从很远的地方踩着水面走过来了。大克里斯来到尤利西斯跟前，一言不发，俯下身来搀住他的手，把他抱出水面。可是，过了一会儿，尤利西斯又摔进水里去，水花四溅。大克里斯又一次把他捞上来，让他站稳了脚。他牵着尤利西斯的手，带着这个孩子在水面上行走。他们可以看见远处一座美丽的白色小城市的塔楼，在城市周围还看得见土地和庄稼。大个子和小男孩一起向这座城市走去。

歌声停住了。忽然有人在摇晃尤利西斯。他猛地惊醒了。摇晃着他的是莱昂内尔。莱昂内尔手里拿着募捐的盘子。尤利西斯掏出了一枚五分钱的硬币，放在盘子里，又把盘子递给他的母亲。

莱昂内尔非常虔诚而神秘万分地对尤利西斯说："尤利西斯，你得救了吧？"

"什么？"尤利西斯问。

"念这个。"莱昂内尔一边说着，一边递给尤利西斯一本宗教小册子。

尤利西斯仔细看了看小册子，可是他不认识这些个大字组成的句子："你得救了吗？永远不嫌为时过晚。"

在走道的另一侧，莱昂内尔用同样的问题去问一位年长的绅士，"你得救了吗？"他问。

老人严厉地看了他一眼，很不耐烦地低声说：“走开，孩子。”

无论如何，在走开之前，莱昂内尔脸上不知怎么带着一副殉道者的神情，把一本小册子递给了老先生。那位老先生有点儿冒火，一声不吭地把小册子从莱昂内尔手里啪地一下拍到了地上。孩子吓坏了，觉得自己真的成了伟大的殉道者之 了。

老先生的妻子小声对他说：“亲爱的，怎么啦？”

“那个孩子问我得救了没有，”老先生说，“后来他又把**这个**递给我。”他弯下身去，把小册子从地上捡了起来，递给了他的妻子。“他把这个递给我——这种**小册子**！”老先生有些不痛快地念了念那两句话：“你得救了吗？永远不嫌为时过晚。”

妻子拍了拍老先生的手说：“那有什么关系。那孩子怎么会知道你在中国当了三十年的传教士呢？”

在募捐的全过程中，风琴一直轻轻奏出悦耳的音乐，还有一个女高音在唱歌。莱昂内尔、奥吉、夏格和另外几个绮色佳的男孩站在中间走道的后面，每人手里都拿着一只募捐的盘子，一直等到音乐结束。随后，在神奇而滑稽的严肃寂静中，孩子们迈着沉重的步伐，从走道上来到祭坛正下方的一张桌子面前，把募捐的盘子放在桌子上，叠成一叠，然后又回到他们的父母身边坐下。

# 第三十四章

## 狮子大笑

上过教堂，吃过礼拜天的午餐以后，奥古斯特·戈特利布在他家的前院里修补一张旧的网球网，想着补好了以后也许能把它派上个什么用场。伊诺克·霍珀，一个和奥吉年龄相仿的男孩子，飞快地跑过来，猛地站住了脚，迅速瞟了他一眼。他是一只旧的垒球球胆的主人，他在人行道上把球胆猛地一拍，让它高高蹦起来。他抓住球胆，一下又一下地往地上拍。伊诺克·霍珀是绮色佳神经最紧张的男孩子，他最静不下来，行动最敏捷，性子最急躁，嗓门儿也最大。

“奥吉，你在做什么？”他问。

"补网。"奥吉说。

"补它干啥？"伊诺克问，"捉鱼？"

"不，"奥吉说，"逮动物。"

伊诺克已经厌烦了。"来吧，"他说，"我们来打一场垒球，或者去爬古根海姆的大水箱。"

"得把网补好。"奥吉说。

"干吗非得补网呢？"伊诺克不耐烦地嚷嚷起来。

"逮动物。"奥吉说。

"你在这一带哪儿见过什么动物？"这个容易激动的孩子说，"来吧，我们一起去，"他大声说，"我们上马拉加去游泳吧。"

"我一定能用这张网逮到动物的。"奥吉说。

"用这张网连一只跳蚤也逮不着，"伊诺克·霍珀说，"来吧，我们来做游戏。让我们从街上过去，溜进玲珑电影院，看一部人猿泰山的片子。"

"我要先逮住一只狗，"奥吉说，"试试这张网——看看它能不能派上用场。要是它**真的**管用，那么你就走着瞧吧！"

"咳，那是张旧球网，"伊诺克说，"用它什么也逮不着的。我们还是一起去市立公园，去市监狱，跟犯人聊聊天。"

"我得先把这张逮动物的网补好，"奥吉说，"我今天就要试用一下——要是它能派上用场的话——老天哪——明天你就瞧着吧！"

"啊呀，你在说**什么**呢？"伊诺克说，"这一带根本没什么动物。一头母牛。两三条狗。六七只兔子。几只鸡——你打算逮什么动物呢？”

“我这可是一张好网，”奥吉说，“大得能逮一头熊。”

“嗨，走吧，我们走吧，”伊诺克说，“你老缠着一张旧球网又有什么意思呢？大得能逮一头熊？你用这张网连一只玩具熊也逮不住。我们还是去唐人街，到中国胡同里去走走。”

奥古斯特·戈特利布停下了手上的活儿，想了想唐人街和那些中国人。他抬头看看伊诺克，说：“你怕中国人？”

“一点儿也不怕，”伊诺克一本正经地说，“我什么都不怕。即使他们很危险，他们也抓不住**我**。我太快了，长着飞毛腿呢。”

“我敢打赌，就是狮子也逮不住你。”奥吉说。

“根本不能够呀，”伊诺克说，“我跑得太快了，狮子根本近不了我的身。熊啊，老虎啊，中国人啊——随便是什么。我跑得太快，他们根本赶不上。走吧，我们跨过南太平洋的铁道，跟宇宙运动场的帮派做游戏去。”

“我敢打赌，”奥吉说，“用机关陷阱逮你，比逮一头狮子**更难**。”

“世界上没有什么机关陷阱有那么灵，能够把我逮住，”伊诺克说，“我们一起到集市的场地上去，到一英里的跑道上赛跑去。我可以让你一百码。”

“我敢打赌，你的亲爸爸也逮不住你呢。”奥吉说。

“根本不能，”伊诺克说，“根本近不了我的身。我会把他甩得远远的。”

这时候，莱昂内尔走了过来。“奥吉，你在干吗？”他问。

“补网，”奥吉说，“逮动物用的。”

“用那张网连一只跳蚤也逮不着，莱昂内尔，”伊诺克说，“来吧，我们到空地那儿去，练习接球。怎么样？”

“你叫**我**去？”莱昂内尔问。

“当然啰，莱昂内尔，”伊诺克说，“来吧，你把球狠狠地扔给我。我轻轻扔给你。来吧，来吧，下午已经过去一半了。”

“好吧，伊诺克，”莱昂内尔说，“可是你得记住—— 扔得轻些。我接球不怎么行。我往往接不住，球就会打在我脸上。有一次伤了我的眼睛，我的鼻子伤过两次。”

“我会轻轻扔的，别担心，”伊诺克说，“来吧，来吧。”

伊诺克·霍珀和莱昂内尔·卡波特到大街对面的空地上去了，奥吉继续干他的活儿。不一会儿，他把那张旧球网的碎片都缝在了一起，缝好的网几乎是方形的一片。他把网张开，把四只角系到插在院子里的小棒子上，这样他能够看到自己做出来的东西。这时，夏格·马努金跨过后院的篱笆，来到奥吉身边。“那是什么？”他问。

“网，”奥吉说，“逮动物的。想不想帮我一起试试？”

“当然，”夏格说，“你打算怎么干？”

“唔，”奥吉说，“我拿着网躲在这儿，躲在埃拉的店后面。你去叫伊诺克。他正在那儿跟莱昂内尔练接球。伊诺克的动作比狮子还快，所以要逮住他比逮住狮子更难。假使这张网能够套住伊诺克，那么它就什么都能逮得着了。好吧，我躲好了。我准备好了。去叫伊诺克，跟他说你想问他一件事。”

“好的，”夏格说。他看了看在空地那头的伊诺克，然后放声大叫起来，“伊诺克，喂，伊诺克！”

伊诺克转过身来，高声回答，音量足足比夏格的大一倍：“干吗，夏格？”

“过来，伊诺克，”夏格大声喊着，“我要问你件事。”

“你要问什么事？”伊诺克嚷嚷。

“你过来我就告诉你。”夏格喊道。

“好吧。”伊诺克又叫了一声，就朝夏格跑了过来。莱昂内尔跟在他的后面，不过他拿不准自己应该跑过来，还是应该走过来。

“好了，夏格，”奥吉悄悄地说，“躲到这儿来，跟我躲在一起。抓住网的这一头。等他一转过食品店的拐角，我们就跳过去逮住他。明白吗？”

伊诺克飞奔而来。他边跑边喊：“我们上马拉加去，游泳去。下午已经过去一半了。我们得干点什么。我们还等什么呀？”

伊诺克跑到埃拉的食品店的拐角，奥吉和夏格飞快地跳出来，张开网往他身上套。伊诺克·霍珀当然像一头没有被驯服的野兽一样挣扎起来，也许正像一头狮子那样。两位专打大家伙的猎手拼命想要罩住他，可是那张网不够结实，不一会儿伊诺克·霍珀已经笔直地站在那儿，他一点儿也没有生气，而且对于这场试验的结果很感兴趣。

他把垒球往人行道上一拍，“来吧，奥吉，”他大声说，“我们走吧！那张网连一只跳蚤也逮不住。来吧！我们还等什么呀？”

“好吧，”奥吉说罢，把网往院子里一扔。“我们到市立公园去，去跟那些犯人聊聊天。”

奥吉、伊诺克和夏格沿着大街朝法院公园走去，在他们身后不远的地方，跟着莱昂内尔。没过多久，伊诺克已经比别人领先了整整一个街区，他转身来对他们嚷嚷：“来呀！快些！你们怎么走得那么慢？”他把垒球对准从树上飞下来的一只鸟扔了过去，不过没有打着。

# 第三十五章

## 树木和葡萄

星期天下午，托马斯·斯潘格勒和黛安娜·斯蒂德驾车到金斯堡一带去郊游。他们开的是一辆旧的、敞着篷的小客车[①]。

“那些，”斯潘格勒指着沿着一个葡萄园的边上种植的一排树说，“是无花果树。这些树后面的葡萄是麝香葡萄。还有一些橄榄树。那一棵是石榴。那边那些葡萄是马拉加葡萄[②]。那儿是一个桃子树的果园。这些是杏子树。这一片溪谷是世界上顶顶美丽的溪谷。那儿有一棵胡桃树。那儿还有一棵不常见到的树 —— 柿子。这片溪谷里，什么好东西都能种。”

“哦，亲爱的，”年轻女人说，“你真的喜欢树，对吗？”

“我什么都喜欢，”斯潘格勒说，随后又紧接着说下去，“好了，不要问我爱不爱**你**，因为我是爱你的。我爱你，我也爱整个世界，还有世界上的一切。”他提高嗓门，几乎是在叫喊，“我见过一条纯净的生命的河流，像水晶一样清澈。在河床当中，在河流的两岸，是生命之树，树上结了十二种果子，树叶还有让国家民族愈合康复的作用。”斯潘格勒吻了吻年轻女人的眼角。

“哦，亲爱的，”她说，“你幸福吗？”

“当然，当然，”斯潘格勒赶紧回答，“什么幸福不幸福的，我不怎么感兴趣，不过不管幸福究竟是个什么玩意儿，我心里可以拿得准，它就是现在这个样子了。那儿又有一些橄榄树。”

他伸出胳膊搂住那位年轻女人，说：“你必须知道，我简直迫不及待地想要看看要来的究竟是谁。我希望来的是个小姑娘。我希望身边有一个跟你长得很像的小姑娘。我希望听到一个像你这样的小姑娘的声音。”他轻轻地说了下去，“我以前一直觉得你是个傻瓜。”他吻了吻年轻女人的嘴，“嗨，能够做**那件**事的人都不是傻瓜。而你是**能够**做到的。”

“哦，我是想要做的，亲爱的，”年轻女人说，“而且我一点也不觉得害怕，一点儿也不怕。”

---

① 原文为 roadster，是一种只有一排座位的敞篷小客车，车身后部有翻转可充作座位的行李舱，流行于上世纪的二十至三十年代。

② 马拉加葡萄（Malaga vines），是原产于西班牙南部港市、省会马拉加所在的马拉加省的一种粒大肉硬的白葡萄，美国加州后亦引进。

那辆小汽车在野餐场地附近沿着跟列王河[1]平行的方向向前驶去。这个礼拜天下午，五个大型的野餐会正在这儿举行——有音乐和舞蹈—— 意大利人、希腊人、克罗地亚人和塞尔维亚人、亚美尼亚人，还有美国人。每一群人都有自己独特的音乐和舞蹈。在每一群人前面，斯潘格勒都把车停上一两分钟，听听他们的歌唱，看看他们的舞蹈。他来到每一群人前面，都要说上几句。“那边的那些是希腊人，”他说，“我听音乐就知道。我以前认识一家希腊人。看见那个跳舞的姑娘了吗？在那个古老的国家，他们就是这样跳舞的。”

汽车往前开了没多少路，又停了下来。“那儿的那些人是亚美尼亚人，”他说，“我一看那些神父和孩子就知道。他们就信仰这个—— 上帝，还有许许多多孩子。他们跟希腊人有些相似，又有点像其他所有的人。看见那个在跳舞的老头儿了吗？听听他们的音乐。”小汽车又往前开，到了另一群人前面，车又停了下来。“我看这些人是克罗地亚人和塞尔维亚人，”斯潘格勒说，“其中有些也可能是别的地方的人。他们看上去都一样。”

他用胳膊搂着年轻女人，很快地对她说：“我想，我希望她是个塞尔维亚小姑娘—— 不过她要是有点希腊血统，倒也不错。或者也许再有几分亚美尼亚的、意大利的、波兰的或是俄

---

① 列王河（Kings River），加州中部的一条主要河流，发源于四千米高处的加州内华达山脉，全长约两百公里，是加州中部农业、酿酒业的重要水源。

国的。我希望她也有一点德国的、西班牙的、法国的——样样都有那么一点儿。”

汽车往前动了，随后又停下来。“你知道那些是哪儿的人吗？”斯潘格勒对年轻女人说，“意大利人。科贝特[①]本人很可能也在那里边儿，跟他的太太和孩子们在一起。听见他们唱歌了吗？《我的太阳》。”

汽车开到最后一群野餐的人前面。这群人可能是所有的人当中最最奇妙的一群。毫无疑问，他们是**最狂野**的一群。他们的音乐包括摇摆乐[②]、捷舞[③]和布基伍基蓝调[④]，他们跳的舞棒极了。“美国人！”斯潘格勒说，“瞧瞧他们！美国人——希腊人、塞尔维亚人、波兰人、俄国人、亚美尼亚人、德国人、西班牙人、葡萄牙人、意大利人、阿比西尼亚人、犹太人、法国人、英格兰人、苏格兰人、爱尔兰人——看看他们！听听他们！”

他们看着，听着，过了一会儿，汽车开走了。

---

① 此处当指小科贝特三世（Young Corbett III, 1905–1993），意大利裔美国拳击运动员。他出生于意大利，本名乔达诺（Raffaele Giordano），襁褓时期随父母迁居美国匹茨堡，后移居加州弗雷斯诺。1933 年，他成为次中量级拳击的世界冠军。

② 摇摆乐（swing），上世纪三十年代发源于美国的一种音乐，节拍速度由中等至轻快，带有摇摆的节奏感。

③ 捷舞（jive），由摇摆乐演变而来的一种拉丁舞蹈音乐，节奏极快。

④ 布基伍基（boogie-woogie），常用于为舞蹈伴奏的一种蓝调（blues）音乐。

# 第三十六章

## 绮色佳，我的绮色佳

那天下午，从旧金山开往圣塔菲的客运列车在绮色佳停下，有九个人下了车，其中有两个年轻的士兵。不过在火车即将开出前，第三个士兵跛着左腿，也从车上下来了。他走开了，不过走得非常慢。

第一个士兵看看他的朋友，说：“好了，兄弟，这就是绮色佳。这儿就是家了。”

“好家伙，让我来看看它，”第二个士兵说，“只要让我看看它。”他心里一高兴，便哼起了小调，“唔唔唔，唔呀！我的家，绮色佳！我不知道你是怎么想的，可是我是**这样**想的。”这个士兵跪倒在地，吻着站台地上的砖块。“给我的绮色佳一个吻，”他说。接着他又吻了一下，“再吻一个，”他说。然后他又吻了一下，说：“再来一个。”

“来吧，亨利，”第一个士兵说，“起来吧，人家都看着你呢。你想让他们当我们当兵的都是疯子不成？“

“不，我可没那么想，”亨利说，“可是我情不自禁啊。好家伙，这是我的绮色佳！”他站起来，挽住他朋友的胳膊，“来吧，丹尼，我们走吧。”他说。

“你觉得你家里的人看见**你**会觉得吃惊吗？”丹尼说，“嗨，你就等着看我家里的人瞧见**我**吧。他们会大吃一惊，简直找不着北呢。”

两个小伙子一起走到大街上。这儿正是埃拉先生开食品店的那条街。忽然，他们跑了起来，一个小伙子跑到一幢房子的门廊前面，另一个跑到隔壁一幢房子的门廊前面。阿尔夫·莱夫从一幢房子的拐角处跑出来，站在两幢房子中间前面的一块草地上，观望着。两家的前门同时打开了。开门的女人同时抱住了两个小伙子。随后男人、男孩子、女孩子和女人都凑在一块儿，拥抱起士兵来。不过，好像有什么地方不太对劲儿。阿尔夫·莱夫发现错在哪儿，就放开嗓门使劲儿大喊起来。

“搞错人了，”他喊道，“搞错人了。这是丹尼·布斯，是隔壁人家的孩子。他回家了。他住在隔壁。走错门了。我们把他当成**我们**家的人了。这是布斯太太的孩子。我们家的孩子在那边，亲着布斯太太呢。搞错人了，妈，搞错人了！”

“哦，你好，丹尼，”莱夫太太对丹尼·布斯说，“我们把你当成亨利了。”

“哦，没关系，莱夫太太，”丹尼说，“我这就会过去亲亲妈妈的。你们也一起过来吧。”

在另一幢房子的门廊上，亨利·莱夫说：“你好，布斯太太。到我们家去吧，你们大伙儿一**起**去。见到你们真是太好了，布斯太太。”他又亲了她一下，“丹尼在我家的门廊上亲我的母亲呢！”

这时候，两家院子的草地上已经挤满了人，来来往往，高兴得乱了套，只听见阿尔夫·莱夫那个男孩一遍又一遍地大声嚷嚷：“搞错人了，搞错人了！他走错门了！他住在隔壁。嗨，亨利——妈在**这儿**！那是布斯太太！走错门了，亨利！”

# 第三十七章

## 爱地久天长，恨瞬息即逝

礼拜天下午，荷马·麦考利和他姐姐贝思、他弟弟尤利西斯以及他们的朋友玛丽·阿利纳在绮色佳城里散步。他们经过影剧场的时候，在门前排着队的人群中看到了莱昂内尔。荷马站定了脚。

“你好，莱昂内尔，”他说，“打算看电影吗？”

“没钱呀。”莱昂内尔说。

“那你在这儿排队干吗？”荷马问。

“我和奥吉、夏格还有伊诺克，”莱昂内尔说，“上市立公园去跟那些犯人聊天来着。后来他们把我赶走了。我不知道该上哪儿去。我看见这些人站在这儿，我就也站到他们一块儿来了。”

“你在这儿站多久了？”荷马问。

“大概一个钟头了。”莱昂内尔说。

“哦，”荷马说，“你**想要**看电影吗？”他从口袋里掏了些钱出来。

“我也不知道，”莱昂内尔说，“我没处可去。我不是很喜欢看电影。”

“好吧，”荷马说，“你就跟我们一起走吧。我们只是散散步，看看橱窗。我们在城里逛一会儿，然后就回家。跟我们一起来吧，莱昂内尔。”他拉起那根绳子，莱昂内尔就从队伍里钻了出来。

“谢谢你，”莱昂内尔说，“我那样站在那儿，真是觉得累了。”

他们正走着，尤利西斯忽然一下子站住了，牵了牵荷马的手。他朝人行道的地上指着。男孩子跟前有一枚印着林肯头像的一分钱硬币，正面朝上。

“一分钱！”荷马说，“捡起来，尤利西斯，这是好运气。把它放好了——要一直留着！”

尤利西斯捡起那枚硬币，朝大家看了看，因为自己交了好运而微笑着。

他们走过电报局对面的大街。荷马站住了脚，朝那个小办公室看了一眼。

“那就是我工作的地方，”他说，“我在那儿已经上了六个月的班了。”他停了一会儿，随即好像自言自语地说，“更像是一百年了。”荷马朝电报局里面望去，又说：“那大概是格罗根先生。我没想到格罗根先生今天还在干活儿。”他转过脸去看了看其余的人，“你们在这儿等一等好吗？”他说，“我马上就回来。”

他过了街，匆匆走进电报局。格罗根面前的发报机正在滴滴答答地响着，可是老报务员没有接发过来的电报。荷马赶紧跑到他跟前去叫他：“格罗根先生，格罗根先生！”可是老头儿醒不过来。

投递员冲出电报局，过了街，来到其他人的身边。“格罗根先生不太舒服，”他说，“我得回去照看他一下。你们先回家吧。我一会儿就回家了。”

“好的，荷马。”贝思说。

“他怎么了？”莱昂内尔问，连他们说的是谁也没弄明白。

“我得赶紧回去，”荷马说，“你们先走吧。他是个老人。莱昂内尔，就是这么回事儿。”

荷马急急忙忙回到电报局，摇了格罗根先生几下。他跑到水瓶旁边，倒了一纸杯水，随后把水泼到老头儿的脸上。格罗根先生睁开了眼睛。“格罗根先生，是我，”荷马说，“我原先不知道你今天还在干活儿，要不我早就来了，你礼拜天上班我总是过来的。刚才我正好路过。我赶紧去端杯咖啡来。”

老报务员摇了摇头，伸手摸到电报键上，打断了线路那头的报务员。他把一张空白的电报单放到打字机上，开始打起电文来。

荷马跑出了电报局，来到拐角那里的科贝特酒吧，点了咖啡。

“他这会儿正在烧新鲜的咖啡，荷马，”服务员彼得说，“一两分钟就得。”

“没有现成的吗？”

“现煮的没有了，”彼得说，“他正重新烧一壶呢。”

“这杯咖啡非常要紧，”荷马说，“我得先回电报局一下，马上就回来。那时候咖啡就煮好了吧。”

荷马回到格罗根先生身边的时候，老报务员并没有在把通过路线传来的电文用打字机打出来。荷马又摇了摇他，“格罗根先生，”他说，“他们正在往这儿发报呢！你没在收呀！叫他们停下，格罗根先生！让他们等一等。科贝特正在煮新鲜咖啡呢。一两分钟之后我就可以给你端一杯来了。让他们停下来，格罗根先生！你没在收报呀。”

荷马转身又跑出了电报局。

老报务员看了看他已经打出的电文，把它从头到底念了一遍：

> 凯特[1]·麦考利夫人
> 圣塔克莱拉大街 2226 号
> 加利福尼亚州绮色佳
> 国防部遗憾地通知您，您的儿子马柯斯……

老报务员想从椅子上站起来，可是他的病又发作了，他按住了胸口。一会儿之后，他往前扑倒在打字机上。

荷马·麦考利手里晃晃悠悠地拿着一杯咖啡，走进电报局

① 凯特（Kate）、凯蒂（Katie）互为异体，都是凯瑟琳（Katherine）的昵称。

来。他走到老头儿跟前，把杯子放到桌子上。这时候，发报机不再滴滴答答响了，整个电报局里变得十分安静。

“格罗根先生！”荷马说，“你怎么了？”他把老头儿从打字机上移开，朝后扶起来，看了看他的脸。他这么做的时候，注意到打字机上那份没有打完的电报。他看也没看电报上的文字，就知道是什么内容了，不过他不肯相信它。他僵直地站在那儿，扶着老人。“格罗根先生！”他说。

礼拜天值班的投递员菲利克斯走了进来。他看看老人，又看了看荷马。“怎么回事，荷马？”他问，“老先生怎么啦？”

“他死了。”荷马说。

“咳，你疯了吧。”菲利克斯说。

“没有，”荷马说。他简直是怒气冲天地说，“他死了。”

“我去叫斯潘格勒先生。”菲利克斯说。他在电话上拨了个号码，等了一会儿，又把电话挂上了。“他不在家，”菲利克斯说，“我们该怎么办？”他走过来看看荷马盯着打字机在看的究竟是什么。菲利克斯看了电文之后说：“还没打完呢，荷马。也许你哥哥只是受了伤，或者是失踪了。”

荷马看看格罗根先生，然后说：“不，**他**已经听到后面的电文了。他没有把它打出来，可是他**听到**了。”

“可能他并没听到，”菲利克斯说，“我再给斯潘格勒先生打电话。也许他现在已经到家了。”

荷马·麦考利朝电报局四下里看了看。忽然他怒火中烧、充满厌恶地吐了一口唾沫。他坐了下来，眼睛直瞪瞪地望着前面。他的眼里没有一滴眼泪。

托马斯·斯潘格勒郊游归来，把汽车在电报局门口停了下来。他按了按喇叭，菲利克斯跑出去到了汽车边上。

“斯潘格勒先生，”菲利克斯说，“我一直在打电话找你。出事了！是格罗根先生！荷马说他死了！”

“你回去吧，”斯潘格勒对黛安娜·斯蒂德说，“我过会儿再来——不过晚饭就别等我了。你最好还是出去跟你的家人们消磨一个晚上吧。”他下了车，吻了吻那位年轻女人。

“好吧，亲爱的。”她说。

斯潘格勒疾步走进了电报局。他看看格罗根先生，然后又看看荷马。他朝另外那个投递员转过身去。“菲利克斯，”他说，“给纳尔逊大夫打电话—— 拨 1133。让他马上过来。”

斯潘格勒把老人从椅子上抱起来，放到办公室后面的一张躺椅上。他走回来，看看荷马·麦考利。“别难受，荷马，”他说，“格罗根先生年纪大了。他自己就是想要这么走的。好了，我说，你别难受了。”

电报机又滴滴答答响了起来，斯潘格勒走过去收报。他在格罗根先生的椅子上坐下之后，看见了那份没有收完的电报。他朝电报看了好长时间，然后又看看桌子那一头的荷马。斯潘格勒向线路那一头的报务员发报，问了问那份没有收完的电报。那一头的报务员又把电报全文发了过来。斯潘格勒又给他发报，叫他暂时别再发电报过来。然后他站起来，走到他自己的办公桌边坐下，一脸茫然。他的手无意之中摸到了他留着讨吉利的那只白煮蛋。他不知不觉地把手里的鸡蛋在桌子上轻轻敲打着，蛋壳碎了，他慢吞吞地把蛋壳全剥了，就糊里糊涂不顾一切地把蛋吃了。忽然，他发现了桌子上的蛋壳，就把它搯进了废纸篓。

"菲利克斯，"他说，"把报务员哈里·伯克叫来，叫他马上就来。大夫到了以后，让他在这儿照看一下。我过会儿再跟他谈。"

荷马·麦考利站起身来，走到打字机前，把那份没收完的电报取了出来。他把这份电报的复写本放在夹子里的老地方，把原本折了起来，放进一只信封，又把信封放进他的上衣口袋里。斯潘格勒先生走到投递员跟前，一把搂住了他。"来吧，荷马，"他说，"我们去散散步。"

他们一起走出了电报局，默不作声地走过了两个街口。最后，荷马开口了。"一个人该怎么做呢？"他的声音非常平静，几乎是柔和的。"我不知道该恨谁。我一直想找出我该恨的人，可是我**找不出**究竟是谁。我就是不明白。一个人该怎么做呢？我又该怎么做呢？我有什么话好说？一个人该怎么活下去？他该去爱谁呢？"

不一会儿，荷马和斯潘格勒看见了奥吉、伊诺克、夏格和尼基从街那头朝他们走来。男孩子们跟荷马打了招呼，荷马也跟他们打了招呼，挨个儿叫他们的名字。这时已是黄昏时分。太阳就要落山了，天上一片红光，城市渐渐暗了下来。

"你又能恨谁呢？"荷马说，"我不知道该去恨谁。我跨低栏的时候，拜菲尔德把我给撞倒了，可是我连对**他**也恨不起来。他天生就是那个样子。我不知道是怎么回事。我不知道这是什么人干的。我一点儿也想象不出来。我唯一想弄明白的一件事就是：我哥哥怎么了？我只想弄明白这一点。我以前从来没有遇上过这类事情。我父亲死的时候可不一样。他的一生过得挺好。他养了好好的一家人。他死了，我们都难过，可是我们并不觉得恼火。现在我很恼火，可是我不知道我该对谁觉得恼火。仇敌是谁？斯潘格勒先生，你可知道？”

过了好一会儿，电报局经理才答得上投递员的问题。“我知道这个仇敌不是人，”他说，“如果仇敌是人的话，那么我就变成我自己的仇敌了。全世界的人就像是一个人。假如他们互相憎恨，那么他们憎恨的就是他们自己。一个人是不能憎恨别人的——他只能憎恨他自己。假如一个人憎恨他自己的话，那么他只有一件事可做——那就是离开——离开他的身体，离开这个世界，离开全世界的人。你哥哥是不愿意离开的，他想留下来。他会留下来的。”

“怎么个留法？”荷马问，“他怎么留下来呢？”

“我也不知道怎么个留法，”斯潘格勒说，“可是我**偏偏**就是相信，他会留下来。也许他就留在你身上，留在你的小弟弟尤利西斯的身上。也许他就留在你们对他的爱里面。”

“不，”荷马说，“不，那样不够。我要能够**看得见**他。我没有法子不跟尤利西斯一样，想要见到他本人。我想要看见他走着，站着。我想要闻得到他的气息。我想要跟他讲话。我想要听到他的声音。我想要听到他的笑声。我甚至还想跟他打一架——我们以前常常会的。可是现在，我上哪儿去找他呢？即使我到处去找，也找不到他了。整个世界都变得不一样了。世界上所有的人也都不一样了。他们身上某种美好的东西已经失去了。绮色佳的一切也都变了样了，因为我的哥哥已经什么也见不着了。”

这时候，他们已经穿过了市立公园，走过了市监狱，来到了运动场上。

“我不打算想法子安慰你，”斯潘格勒说，“我知道我办不到。不过，你要想法子记住，一个好人是永远不会死的。你会看到他好多次。你会在大街上看到他。你会在屋子里、在城里所有的地方看到他。在葡萄园和果园里，在小河边，在云彩里，在组成我们生活着的世界里的一切事物里面看到他。在一切出自爱并且**为了**爱而存在的事物里面——一切丰饶充裕、生长茂盛的事物里，你都能感觉到他的存在。一个人的身体会离开——或者被夺走——可是一个好人的最优秀的部分是会留下来的。它是永存的。爱地久天长，它让一切事物都变得不朽。而恨却是瞬息即逝的。你会不会掷蹄铁套桩？[①]”

“不，先生，”荷马说，“不大会。”

“我也不怎么行，”斯潘格勒说，“趁天还没黑之前，你愿不愿意来一场掷蹄铁套桩的比赛？”

“好的，先生。”荷马说。

---

① 美国的一种游戏（horseshoes），在草地或沙场上竖立桩柱，自约十二米外轮流用马蹄铁或马蹄铁形状的金属片向桩柱投掷，力求能套住桩柱。

# 第三十八章

## 是结尾也是开端

跟丹尼·布斯、亨利·莱夫乘同一列火车到达绮色佳，并且在同一个车站下车的那个跛腿的士兵，开始在城里游荡起来。他走得很慢，看着周围的一切，还自言自语。

“这就是绮色佳！”他说，“那儿是车站站台——圣塔菲线的——那上面就是绮色佳的天空。那是影剧场，了不起的绮色佳人正在排队。这是公共图书馆。那是长老会教堂。那是绮色佳高中，这就是运动场。那是圣塔克莱拉大街，还有埃拉的食品店，就是那幢房子！就是那儿。那儿就是我的家！”

这个士兵站在那儿，久久地望着这幢房子。“妈和贝思，”

他说，“荷马和尤利西斯。隔壁的玛丽，还有她的父亲阿利纳先生。”他不知不觉地自语着，因为这些话已经融化到他的血液当中去了。“绮色佳，哦，绮色佳！”这个士兵又往前走。“那儿是市立公园，”他说，“这儿是市监狱，犯人都趴在窗口。那儿还有两个绮色佳人在比试掷蹄铁呢。”这个士兵慢慢朝这两个人走了过去，然后他斜靠在铁丝网的篱笆上。

荷马·麦考利和托马斯·斯潘格勒正在默默掷蹄铁，甚至都没有计分。天色已经黑得不太能够继续下去了，可是他们还在投掷。荷马注意到有一个士兵斜靠在篱笆上，心里一惊。不知什么缘故，他觉得他好像认识这个士兵。他走到那个年轻人面前，仔细看着他的脸。

“请原谅我这么盯着你看，”他说，“我以为你是我认识的人了。”

“没关系的。”士兵说。

“你有没有兴趣来**投**上一回？”荷马问，“你来换下我。当然，天色可能太黑了点儿。”

“不用，谢谢，”士兵说，“你玩你的吧。我只想看看。”

“我以前好像没见过你，”荷马说，“你的家在绮色佳吗？”

“是的，就在这儿，”士兵回答，“我回来了—— 就要留下了。”

“你是说，”荷马问，“你不用再去打仗了！”

“不用了，”士兵说，“他们把我送回家了—— 再也不去了。

我两个多钟头以前下的火车。我已经在城里走了一阵子，重新看看这儿的一切。”

“唔，那么你为什么不回家呢！”荷马问，“你不愿意让你的家人知道你已经回来了吗？”

“我要回家的，”士兵说，“我当然想要我的家人知道我已经回来了。我要慢慢地回家。我想要先看个够。我简直看不厌呢。我简直不相信我已经到了这儿。我还想到处走走，然后我再回家。”

士兵一拐一拐地慢慢走开了。荷马·麦考利目送着她，心里有些纳闷儿。

“我不明白，”他对斯潘格勒说，“我觉得我好像认识那个人似的。我不想再玩儿了,斯潘格勒先生,”他说。过了一会儿，他又说，“我该怎么办呢？我跟他们怎么说呢？他们现在正在家里等着我呢。我知道他们正等着呢。我跟他们说了我要回去吃晚饭的。我怎么走进屋子里去见他们呢？他们一看见我就会什么都知道的。我不**愿意**告诉他们，可是我知道他们会看出来的。”

斯潘格勒用胳膊搂着荷马。“等一等，”他说，“现在还是不要马上回家。在这儿坐下。等上一会儿，这是要花一点时间的。”

他们默默地坐在公园里的一条长凳上，谁也不说话。过了一会儿荷马说：“我在等什么呢？”

“唔，”斯潘格勒说，“你在等**他**死去的那部分在你的心里也死去—— 肉体的那部分—— 有生有灭的那部分。那种死亡现在正在折磨你，那你就再等等。当这种痛苦也死去了、离开了你以后，就会轻松得多，好受得多。这是需要一点时间的，只要你还活着，它会一次又一次地要求你拿出一点时间来，不过，每次等它离开之后，就会让你更接近人类最优秀的本质。你要有耐心。那样的话，到你终于到家的时刻，心里就不会带着死亡了。给它一点儿时间让它离开。我会陪你在这儿坐着，等它离开。”

“好的，先生。”荷马说。电报局经理和投递员就这样一起坐在绮色佳的市立公园里，等待着。

这时候，麦考利家屋子里竖琴的琴弦抚慰着万物的痛苦。拨动竖琴琴弦的人，脸上容光焕发，坚毅刚强，充满爱心。弹钢琴的姑娘心地真挚纯洁；唱歌的姑娘神态温柔妩媚。旁听的小男孩全神贯注地听着音乐，眼睛里充满着对一切事物的信仰。坐在前门门廊的台阶上的小伙子，那个士兵，回了家，到了一个平生从未见过的地方，到了一栋平生从未进去过的房子前面，来到一个素不相识的家庭，觉得自己就是每一个人。他**真是**到家了。绮色佳**就是**他出生的地方。他就是在这栋房子成长的。这栋房子里的这一家人**就是**他的家人。

尤利西斯 · 麦考利忽然出现在打开的前门口，用手指着。

他的姐姐贝思过来看他指着什么。她朝她的母亲转过身去。“妈，”她说，“有个人坐在我们前门的台阶上。”

“哦，”麦考利太太说，“出去看看他，贝思，请他进来吧——不管他是谁。你们不用害怕。”

贝思·麦考利出去到了门廊上。“请你进来好吗？”她对那个士兵说，“我母亲请你进来。”

士兵慢慢地转过身来，抬起头看了看姑娘。他用很轻的声音说了一声，“贝思，”他说，“坐到我身边来！在我身边坐一会儿，等我心里静下来，能站起来，再进去。我的腿在发抖，如果我马上站起来，我会摔倒的。坐在我身边，贝思。”

姑娘就在这个小伙子身边的台阶上坐了下来。“你怎么知道我的名字的？”她轻轻问了一句，“你是谁？”

“我不知道自己是谁，”士兵回答说，“可是我知道你是谁，你母亲是谁，还有你的兄弟们又是谁。靠我近一点，贝思——等我平静下来。”

“你认识我哥哥马柯斯？”贝思问。

“是的，”士兵说，“你哥哥给了我新的生命—— 一个诞生地—— 一个家。是的，我认识他—— 他也是**我的**兄弟。”

“马柯斯在哪儿？”贝思问，“他为什么没跟你一起回来？”

“贝思，”士兵说着，就把马柯斯·麦考利交给他的一只戒指递给了姑娘，“你哥哥马柯斯让我把这个捎给你。”

贝思·麦考利沉默了好一会儿，随后才说：“马柯斯死了吗？”她压低了声音，但是语气还算平静。

“没有，”士兵说，“贝思，相信我，”他在姑娘的嘴上亲了一下，“他没有死。”

荷马·麦考利从街上走了过来。他的姐姐跑过去迎上他。“荷马！”她说，“他是从马柯斯那儿来的。他们是朋友。他就坐在我们家的台阶上。”她转身跑进了屋子。

荷马·麦考利站在那儿看着托贝·乔治。“是托贝吗？”他说。“刚才我们在公园里说话的时候，我就觉得我认识你。”他停了一下，又说，“电报是今天下午来的。我把它放在口袋里了。我们该怎么办？”

“把它撕了，荷马，”士兵说，“把它扔掉。那不是真的，把它撕了。”

荷马从口袋里取出电报，一下子就把它撕了。他把小碎片又放回口袋里——留下来永远保存。

“请你扶我起来，”士兵说，“我们一起进屋去。”荷马·麦考利向托贝·乔治这位终于到了家的孤儿俯下身子，士兵抱住投递员的肩膀，慢慢站起身来。

荷马提高了嗓门，他说的话和说话的语气里没有悲伤。“妈！”他说，“贝思！玛丽！奏乐吧！士兵回家来了，欢迎他！”

音乐开始了。

“让我站在这儿听一会儿。”士兵说。

荷马·麦考利和托贝·乔治听着音乐，两个人的脸上都露出了微笑，士兵的笑容里流露出淡淡的哀伤，而投递员的笑容里却带着他自己也无法理解的欢乐。

这时候，玛丽·阿利纳唱起歌来。随后，尤利西斯·麦考利走出了屋子，牵住了士兵的手。歌唱完了之后，麦考利太太、贝思和玛丽都来到了门口。母亲站在那儿，看着她剩下的两个儿子，分别站在那个陌生人、那个曾经认识她已经死去的儿子的士兵的两侧，她微笑了，也明白了。她朝那个**士兵**微笑。她对他微笑，因为他现在也是她的儿子了。她微笑着，好像这个士兵就是马柯斯，而那个士兵和他的两个兄弟一起朝门口走去，走向家庭的温暖和光明。

# 译后记

亚美尼亚裔美国作家威廉·萨洛扬（William Saroyan, 1908-1981），在中国很有读者缘。上世纪四十年代，吕叔湘先生所译他的作品《石榴树》（原题《我叫阿拉木》），在语言上颇得原文的神韵，堪称英译汉之典范。

萨洛扬发表于一九四三年的《人间喜剧》这部小说，描写的是二战时期的大后方、美国小城绮色佳的麦考利一家——母亲麦考利太太、大姐贝思、小弟弟尤利西斯，以及他们的邻居和朋友。下文所引周作人的诗里提到的“童儿由利斯”，正是小弟弟尤利西斯。这家人的父亲业已去世，大哥马柯斯正在前线作战，而他在军中的挚友、孤儿乔治在心目中已将好友的一家认作自己的家人。小说的核心人物是家中的次子、在电报局打工的少年荷马。将近结尾处，荷马面临人生一大挑战，必须将报告马柯斯阵亡噩耗的电报，送回自己家中。然而乔治从前方归来，又为沉浸在悲痛中的麦考利一家带来些许温暖和慰藉。这部作品既无曲折动人的情节，亦无惊心动魄的场面，其独擅胜场之处，在于将小城中极为普通平凡的诸多人物写得栩栩如生，呼之欲出。陆放翁有句云："欹枕旧游来眼底，掩书余味在胸中。"可以说萨洛扬独特的魅力，正在于这样一种"掩书余味"。

陆灏兄在他的《看图识字》一书中提到，施蛰存先生晚年送给他的英文书里，有两部萨洛扬的短篇小说集，施先生说都是他早年自己想译的；施先生晚年在接受访问时，说到自己很受萨洛扬的影响。又说喜欢萨洛扬的中国读者，还包括周作人，而且他所喜欢的正是《人间喜剧》，还为之写了一首七绝："一卷空灵写意诗，人间喜剧剧堪悲，街头冒险多忧乐，我爱童儿由利斯。"吕叔湘先生晚年回忆他译《石榴树》，是在叶圣陶先生的"督促之下完成的"。而根据林斤澜的回忆，叶圣陶先生的长子至诚，在学生时代写得一手天真烂漫的散文，自称也是受到萨洛扬的影响，但是中年以后就不那么写文章了，问他何以如此，"他两手一摊，道：'不会说孩子话了。'"陆灏兄有关萨洛扬跟中国作家的这些记载，十分生动有趣。

从十九世纪九十年代开始，亚美尼亚裔的萨洛扬家族就开始陆续从当时属于奥斯曼帝国的比特里斯（今属土耳其）移民来到美国，一九〇五年，他的父亲阿梅纳克也到了纽约，在当地的亚美尼亚国教（属于东正教的分支）教会里讲道，随后举家移居加州。一九〇八年八月卅一日，威廉出生于美国加州中部的弗雷斯诺市，三岁时父亲过世，他跟哥哥和两位姐姐一起被安置到加州奥克兰市的一所孤儿院里生活，一直到他八岁时，母亲塔库希在一家罐头食品厂找到一份工作，威廉这才又跟兄姐一起回到弗雷斯诺，跟母亲一起生活，并且在那里度过童年与少年时代。

在十八岁那一年，威廉还没有从高中毕业，就独自北上旧金山。他在许多不同的地方打工，养活自己，后来在旧金山的电报局找到一份经理的职位。工作之余，他读了许多书，决心以写作为生。在他二十岁那年，他的作品见于老牌的《大陆月刊》。一九三四年，他的短篇小说《高空秋千上的大胆男青年》和《七万亚述人》在新近崛起的《故事杂志》上发表，同年十月，他的第一个短篇小说集出版，为他赢得了一定的声誉和经济支持。次年，他首次访问了当时已属苏联治下的亚美尼亚共和国。

在接下来的数年之中，萨洛扬创作了包括舞台剧、短篇小说等体裁的许多作品，从一九三六年起，还与好莱坞的电影公司数度合作。他的剧本《浮生岁月》（*The Time of Your Life*）在百老汇公演，获得了一九四〇年的普利策奖，但是他却以商业界无权评判艺术为理由，谢绝领奖，不过在声誉上仅次于普利策奖的“纽约戏剧批评家圈子”颁发给他的奖项，他还是欣然接受了。同年，《我叫阿拉木》（*My Name is Aram*）出版，佳评如潮。在第二次世界大战期间，萨洛扬一度投笔从戎。

《人间喜剧》出版那年，萨洛扬与著名的女演员卡罗尔·马库斯（Carol Marcus）结婚，生下了一子一女。儿子取名阿拉木，长大后子承父业，也是一位作家；女儿露西则跟母亲一样，从事电影表演。四十年代后期，萨洛扬常常酗酒，并且一度沉迷于赌博，婚姻难以维持，一九四九年，他与卡罗尔离婚。但是他们旧情未断，两年后重新结婚，可惜好景不长，只过了一年就再度离婚。五十年代末，萨洛扬经常独自在法国巴黎居住，一九六一年，他在巴黎买下了一处公寓，来回于大西洋两岸之间。一九八一年五月十八日，他因前列腺癌症不治在弗雷斯诺去世，终年七十二岁。根据他的遗愿，遗体火化，骨灰一半葬在弗雷斯诺老家，一半飘洋过海，送回亚美尼亚首都埃里温的“柯米塔斯先贤公墓”安葬，与许多同胞名人做伴，其中包括著名的作曲家哈恰图良。如今，在萨洛扬的墓地上，伫立着一座晚年的他独自挺立的塑像，穿着长大衣，披着围巾，相当传神。

萨洛扬是位多产作家，生前发表的短篇小说集多达十五六部，发表于报刊杂志、未收入合集的短篇小说达六十余篇，此外还有长篇小说十部、回忆录十三部，其中有的描述了他在苏联和欧洲旅行时与爱尔兰剧作家萧伯纳、芬兰作曲家西贝柳斯和美国电影演员卓别林交往的经历。可惜时至今日，他的大部分作品已经无人问津，倒还是小说《我叫阿拉木》、《人间喜剧》和剧本《浮生岁月》为他奠定了文学史上的地位。

说到《人间喜剧》出炉的过程，颇为戏剧化。一九四二年，萨洛扬受聘于好莱坞的米高梅公司，编导一部题作《人间喜剧》的电影，他亲自撰写脚本，渐渐忘乎所以。公司的老板路易·梅耶嫌他写得太长，劝阻无效之后，将他扫地出门，另请高明。

这部由米基·茹尼主演的电影于次年三月公演后，大受欢迎。话分两头，萨洛扬被解雇之后，也没闲着，他立即将电影脚本赶着改写成小说，并且抢在电影公演前的同年二月出版。这部电影获得第十六届奥斯卡奖包括“最佳故事片”在内的多项提名，到得颁奖之夜，却只有萨洛扬名下的“最佳故事”一项获奖。萨洛扬与米高梅公司的这一场纷争，作家成了最后的赢家。

中世纪意大利诗人但丁的生平杰作、叙事长诗由《地狱篇》、《炼狱篇》和《天堂篇》三个部分组成，原题《喜剧》（*Commedia*）。但丁的晚辈、小说集《十日谈》的作者薄伽丘为之倾倒，称之为“神界喜剧”（*Divina Commedia*），日后这部长诗就以此著称，汉译为《神曲》。十九世纪法国作家巴尔扎克改了一个修饰词，将自己的小说取了一个《人间喜剧》（*La Comédie humaine*）的总称。萨洛扬的这部小说，显然就是在英语里借用了巴尔扎克小说的总称。这部作品以二战时期大后方的加州小城绮色佳为背景，描写寡居的麦考利太太一家的故事。小城的名字，源出史诗《奥德赛》主角奥德修斯的故乡，其实是萨洛扬本人生于斯长于斯、最后逝于斯的加州中部小城弗雷斯诺。麦考利太太的两个儿子，也分别取名为荷马和尤利西斯（奥德修斯的拉丁文名字）。尽管如此，萨洛扬的《人间喜剧》既没有荷马史诗那些惊心动魄的情节，也不像巴尔扎克的作品那样雄心勃勃，力图包罗万象，表现一个时代的社会的各个层面。这部美国小说具体而微，最多只不过写了“绮色佳”这个小城的众生百态罢了。

这部小说的组织结构，与《我叫阿拉木》有许多相通之处。后者发表于一九四〇年，一共包括十四个短篇，但是其核心人物都是一个名叫阿拉木的男孩子。在第一篇《漂亮的白马的那个夏天》里，时年才九岁的阿拉木跟他一位疯疯傻傻的堂兄合伙“借”了邻居的马，有一段难忘的经历。接下来，阿拉木讲了自己跟爷爷奶奶、叔伯、堂表兄弟、同学朋友的许多故事，范围由家庭以内以至学校和社会。阿拉木也渐渐在弗雷斯诺城里长大，到得最后一篇，阿拉木就跟萨洛扬自己当年一样，离开弗雷斯诺所在的圣华金山谷地带，走上自己外出谋生的道路。虽然此书由十四篇独立成篇的故事所构成，但是贯串其间的，都是阿拉木这个核心的人物，而且按照原书的次序合在一起，就成了阿拉木童年、少年的成长过程，虽然名为短篇合集，实际上却是一部德国人所谓的“教育成长小说”（bildungsroman）。这种小说叙述、探讨主人公由童年至成年的精神、心理、道德伦理上的变化和成长。英国作家狄更斯的《大卫·科波菲尔》和《远大前程》，美国作家马克·吐温的《哈克贝利·芬历险记》、塞林格的《麦田里的守望者》，以至夏洛蒂·勃朗特的《简·爱》，都具有这类小说的特质。

至于《人间喜剧》，虽然其中涉及众多人物，但是他们都是跟故事的中心麦考利一家，尤其是其中的第一号主角荷马有关的。小说的三十八个章节，除了有少数几个章节（例如有关三个休假的军人的那几章）连续构成一个插曲之外，很多也是相对独立成篇的小故事，但是将之连成一个整体的，则也是荷马成长的过程，从分类上而言，也是一部“教育成长小说”。美国批评界在讨论萨洛扬作品时，有人将《我叫阿拉木》和《人间喜剧》这两部作品都视作短篇小说合集，也有人截然相反，将两部都判定为长篇小说。平心而论，应该说批评界的双方都有一定的道理。

小说的成功，首在人物的塑造。奥斯丁的《傲慢与偏见》，第一章读下来，书中的许多主要、次要人物，已经活龙活现，真是高手。萨洛扬在这方面也是相当突出。《人间喜剧》里，除了麦考利家的三兄弟之外，电报局经理斯潘格勒、老电报员格罗根也都非常生动，此外有些次要人物，例如历史老师希克斯女士、体育教练拜菲尔德、街头小伙伴的首脑奥吉、尤利西斯的小朋友莱昂内尔等人，虽然出场的时间不多，也都十分鲜活。最有意思的，是麦考利家已经去世的父亲，在小说中也几度在夜间在麦考利太太的眼前出现，而且还跟她有对话，给小说添加了一抹超现实主义的风貌。以风格而言，萨洛扬擅长的是对话。他塑造人物的手法，也是以简洁传神的对话为主，而以第三者的描述为辅。李太白的诗句“清水出芙蓉，天然去雕饰”，正适用于形容他的语言特色。

在一九五八年出版的一部萨洛扬作品选集里，作家在题献部分提到对于他的创作特别有影响的作家，按照他自己列出的顺序，是杰克·伦敦、莫泊桑、狄更斯、契诃夫、马克·吐温、斯特林堡、高尔基、安布罗斯·比尔斯、托尔斯泰、莫里哀、萧伯纳、惠特曼、亨利·弗雷德里克·艾米尔、易卜生、舍伍德·安德森以及“大卫之子所罗门、《传道书》的作者”。这份名单十分庞杂，其中以国籍而论，包括英、美、法、俄、瑞典、瑞士、挪威以至古希伯来，而以文学类型而言，则包括小说家、剧作家、诗人，甚至日记作者。熟悉这些作者的作品的读者，也许从萨洛扬的作品中都能分别看出一些影响的蛛丝马迹，但他的风格，在二十世纪的美国作家中却是独树一帜，很难找到与他风格完全类似的其他作家。以《人间喜剧》而言，其松而不散的结构，也许跟安德森的名著《俄亥俄州瓦恩斯堡镇》最为接近，然而二者的写作风格却又迥然不同。

当代美国女演员梅格·瑞恩也非常喜爱这部小说，由她朗读这部作品的有声读物光盘，曾经公开发行。继一九四三年的好莱坞黑白影片之后，瑞恩在加入了“演而优则导”的行列后，也挑中了《人间喜剧》这部作品。由她改编并且自导自演的影片，于二〇一四年七月在弗吉尼亚州开拍，片名定为《绮色佳》。此片是瑞恩作为导演的处女秀，她亲自主演麦考利太太，她的儿子杰克·奎德出演其长子马柯斯，兼为演员和剧作家的塞姆·谢泼德出演老电报员格罗根，瑞恩在《西雅图夜未眠》一片中的老搭档、好莱坞巨星汤姆·汉克斯担任监制人，而且在片中客串出场。可惜作为导演的瑞恩毕竟缺乏经验，尤其是在剪辑方面很不成功，这部片子杀青后，于二〇一五年十月在美国弗吉尼亚州的密德堡电影节首演，并于次年九月公演，但是这部结构松散的影片票房失败，很快沦入光盘市场。电影和文学毕竟是完全不同的两种艺术形式，各有各的内在结构和操作规律。

文学名著成功搬上大小银幕的，比率是不高的。

美国画家弗里曼（Don Freeman, 1908-1978）出生于加州圣地亚哥，早年兴趣广泛，多才多艺，曾在圣地亚哥的艺术学校求学，并且到中部的圣刘易斯市念中学，后来因为找到一个在船上的乐队里吹短号的职位，在弱冠之年迁居纽约。当时正遇上大萧条时期，但是他在纽约又找到一个舞厅乐队的职位，演奏爵士乐，以此谋生。他在曼哈顿的西五十七街上一所艺校里注册，继续学习绘画，并且也学习美术设计和石印画。他随身带着速写簿，经常在街头写生。后来他的艺术才能得到萨洛扬的赏识，请他为自己的作品作插图，其中就包括《人间喜剧》初版本彩色封面，描摹的是第一章里四岁的幼童尤利西斯跟呼啸而过的火车上一位黑人相互挥手致意的情景，以及书中的四十余幅黑白插图。日后弗里曼声誉日隆，为将近二十部儿童文学作品作了插图，他的夫人莉迪亚（Lydia Freeman）也是一位艺术家，经常合作。从上世纪三十年代直至五十年代初期，弗里曼为纽约百老汇包括著名导演奥森·威尔斯在内的名人创作过画像，他的漫画和写生作品经常发表于《纽约先驱论坛报》、《纽约时报》、《基督教科学诤言报》和《戏剧杂志》等主要报刊。后来他们夫妇二人移居加州的滨海城市圣塔巴巴拉，度过余生。这一次译文出版社准备出版这部译本时，因为我们非常喜欢原书的插图，经过多方打听，了解到弗里曼的公子罗伊（Roy W. Freeman）已经将弗里曼的画稿原作送交美国斯坦福大学图书馆保存，而罗伊的女儿，亦即画家的孙女汉娜（Hannah Lora Freeman），则持有《人间喜剧》那幅彩色封面的版权。译文出版社的周敏女士多次与罗伊和斯坦福大学图书馆有关人员来往通讯，终于获得了全部插图的版权，罗伊也给我们发来了小说全部插图的高清扫描本，于是这部作品的中文译本首次得以重现萨洛扬原书图文并茂的风貌。我们在此向罗伊、汉娜父女，也向译文出版社的周敏、龚容（责编）、柴昊洲（美编）三位，表示我们诚挚的谢意。

四十年前，在复旦大学外文系读本科的时候，初读原文《人间喜剧》，非常喜欢，开始动笔将全书译成中文。一九八二年秋，我只身离华赴美求学深造，此书未能译完。哈聰跟我同样喜欢这部作品，于是她在教学之余，便继续下去译完了全书，并且将我们原来写在练习本上的译稿全部誊写到五百字的稿纸上。转眼三十余年过去，我们从存放旧物的纸箱中拿出这部稿子，重新校阅一过，承上海译文出版社接受了这部译稿，今天让它得以跟新一代的中国读者见面。虽然时过境迁，我们还是希望他们会跟我们一样喜爱这部作品，并且感染到其中对于生活的热爱，以及对于人类的信念。

叶 扬

二〇一八年十一月于申江华山花苑

图书在版编目（CIP）数据

人间喜剧 /（美）威廉·萨洛扬（William Saroyan）著；叶扬，哈聪译．—
上海：上海译文出版社，2018.12（2025.2重印）
书名原文：The Human Comedy
ISBN 978-7-5327-7971-0

Ⅰ．①人…　Ⅱ．①威…②叶…③哈…　Ⅲ．①长篇小说—美国—现代　Ⅳ．
① I712.45

中国版本图书馆 CIP 数据核字（2018）第 227653 号



**人间喜剧**

[美] 威廉·萨洛扬　著　叶扬 哈聪　译
责任编辑 / 龚容　装帧设计 / 柴昊洲

上海译文出版社有限公司出版、发行
网址：www.yiwen.com.cn
201101 上海市闵行区号景路 159 弄 B 座
苏州市越洋印刷有限公司印刷

开本 889×1194　1/32　印张 9　插页 6　字数 128，000
2018 年 12 月第 1 版　2025 年 2 月第 4 次印刷
印数：11,001—12,500 册
ISBN 978-7-5327-7971-0
定价：72.00 元